www.ingramcontent.com/pod-product-compliance
Lightning Source LLC
LaVergne TN
LVHW051020051026
849532LV00004BA/1303
9789358720617

بے ایمان

(ناول)

مصنف:

عارف مارہروی

Be-Imaan *(Novel)*
by: Arif Marharvi
Edition: April '2024
Publisher :
Taemeer Publications LLC (Michigan, USA / Hyderabad, India)

ISBN 978-93-5872-061-7

9 789358 720617

کتاب	:	**بے ایمان** (ناول)
مصنف	:	**عارف مارہروی**
صنف	:	فکشن
ناشر	:	تعمیر پبلی کیشنز (حیدرآباد، انڈیا)
سالِ اشاعت	:	۲۰۲۴ء
صفحات	:	۱۴۴
سرورق ڈیزائن	:	تعمیر ویب ڈیزائن

۵

ایک

آج کل کریم اور دنوں سے زیادہ اُداس نظر آ رہا ہے۔

میں کریم کی اُداسی کی وجہ جانتا ہوں، لیکن اس کی اُداسی دُور نہیں کر سکتا۔ اگر اُس کی اُداسی دُور کر دینا میرے بس کی بات ہوتی، تو میں ایسا ضرور کرتا، کیونکہ مجھے کریم سے ایک خاص قسم کا لگاؤ ہے۔ حالانکہ کریم اور میری حیثیت میں ایک نمایاں فرق ہے۔ کریم پیشے کے اعتبار سے بھی میرے مقابلے کا نہیں۔ کریم کی آمدنی بھی مجھ سے کہیں کم ہے۔ کریم ایک تالوں کے کارخانے میں صبح سات بجے سے رات کو آٹھ بجے تک صرف ساٹھ روپے ماہوار پاتا ہے اور میں دن کے چند مخصوص اوقات میں چند گھنٹے قلم گھسیٹ کر آٹھ نو سو روپے ماہوار پیدا کر لیتا ہوں...... کریم ایک معمولی کاریگر ہے اور میں ایک ادیب ہوں۔ لیکن پھر بھی کریم میرا دوست ہے۔

میں ایک ادیب ہوں...... اور ادیب کو ہر وقت نئی کہانیوں کے لئے نئے نئے موضوع کی تلاش رہتی ہے۔ کبھی کبھی ایک معمولی سا کردار

ایک چھوٹی سی ملاقات میں ایک پوری کہانی کے لئے موضوع اور زمین دے دیتا ہے۔ میں نے بھی کچھ قصبوں میں رہنے والوں اور کاروں میں گھومنے والوں کی کہانیاں بہت لکھی ہیں۔ لیکن میں نے کریم کی کہانی لکھنے کے لئے رفتہ رفتہ مواد حاصل کیا ہے۔ جب پہلی بار کریم سے میری ملاقات ہوئی تھی تو میں نے خواب میں بھی نہیں سوچا تھا کہ میں کریم کے اوپر کبھی کوئی کہانی بھی لکھوں گا۔ حالانکہ جب کریم کو پتہ چلا تھا کہ میں کہانیاں لکھتا ہوں تو کریم نے میری بڑی خاطر تواضع کی تھی۔.........

.... نہ صرف خاطر تواضع کی تھی بلکہ مجھ سے اپنے اوپر کہانی لکھنے کی درخواست بھی کر دی تھی اور میں اس طرح ہنس کر بات ٹال گیا تھا، جیسے عموماً دوسرے لوگوں کی باتیں ٹال جاتا ہوں..... لیکن آج میں خود ہی کریم کی کہانی لکھنے بیٹھ گیا ہوں۔ حالانکہ پچھلے کئی روز سے کریم نے مجھ سے اپنے اوپر کہانی لکھوانے کے لئے کہنا چھوڑ دیا ہے۔ اصل میں اسے احساس ہو گیا ہے کہ وہ تالے بنانے والا ایک معمولی کاریگر ہے اور اس پر کہانی نہیں لکھی جا سکتی۔ کیونکہ کہانیاں صرف اُس ماحول میں جنم لیتی ہیں۔ جہاں گبرڈین اور ڈیکرون کے سوٹ ہوں، موٹر کاریں اور کلب ہوں، فراغت ہو، اور وہ سب کچھ ہو۔ جو کریم اکثر بارہ آنے والی کلاس میں بیٹھ کر کسی فلم میں دیکھا کرتا ہے اور کریم کے پاس نہ گبرڈین یا ڈیکرون کا سوٹ ہے، نہ وہ کلب جاتا ہے۔ اس لئے اُس پر کہانی لکھی ہی نہیں جا سکتی۔

لیکن میں سوچتا ہوں کہ کہانی کس پر نہیں لکھی جا سکتی؟ کہانی تو وہ بھی تھی، اور کہانی وہ بھی ہے جسے ہم لیلےٰ مجنوں یا شیریں فرہاد یا سسّی

پنّوں اور ہیر رانجھا کے ناموں سے یاد کرتے ہیں.... جب ایسی باتوں پر کہانیاں لکھی جاسکتی ہیں تو کریم پر بھی کہانی لکھی جاسکتی ہے، لیکن کہانی لکھنے کے لئے کوئی جواز تو چاہئیے.......

اب مجھے کہانی لکھنے کے لئے جواز بھی مل گیا ہے۔ وہ جو کہتے ہیں کہ ایک انسان کی غلطی کی سزا دوسرے کے لئے عبرت بن جاتی ہے۔ ایک آدمی کی لگی ہوئی ٹھوکر دوسرے آدمی کے لئے ایک تجربہ ثابت ہوتی ہے یا ایک فرد کا تجربہ دوسروں کے لئے مثال ثابت ہوتا ہے۔ کریم کی کہانی بھی کچھ اسی قسم کی ہے۔

لیکن میں اس کہانی کو اپنی زبان سے سنانا مناسب نہیں سمجھتا۔ کیونکہ مجھے یہ کہانی بیان کرنے کے لئے اپنے تجربات کا سہارا نہیں لینا اس لئے مناسب سمجھتا ہوں کہ کہانی خود کریم ہی کی زبان سے سنائی جائے۔ لیکن کریم کی زبان کی "میں"، بھی کہیں کہیں میرے ذہن کی کہانی میں ایک کھٹک سی پیدا کر دیتی ہے۔ ایسا لگتا ہے، جیسے ایک موج ہے جو اپنی ترنگ میں ہی جا رہی ہے اور اچانک کسی چھوٹی سی چٹان سے ٹکرا جائے تو اُس موج کا سارا جوش اور ولولہ ختم ہو جائے گا۔

لہٰذا یہ کہانی بھی میں عام کہانیوں کی مانند ہی بیان کروں گا۔ لیکن میں سمجھتا ہوں کہ اگر آج کے مصروف ترین دور میں انسان کسی غیر ضروری اور غیر اہم تفصیل میں اُلجھ جائے تو لوگ اس سے اُکتا جاتے ہیں۔ چنانچہ میں کریم کے بارے میں کسی قسم کی غیر ضروری تفصیل یا منظر نگاری کی بجائے اس قدر بتا دوں کہ کریم کو میں جس قدر جانتا ہوں اور خود کریم نے اپنے بارے میں مختلف اوقات میں اور مختلف

۸

اقسام کی گفتگو میں جو کچھ بتایا ہے۔ اس کا اختصار یہ ہے۔

کریم ـــــ ایک درمیانے طبقے کے خاندان سے تعلق رکھتا ہے۔ کریم کا باپ رحیم کسی زمانے میں ایک پرائمری سکول میں مدرس کی حیثیت سے کام کرتا تھا، اب اس تفصیل میں جانا حماقت ہے کہ اگر کریم کا باپ سکول ماسٹر تھا تو رحیم کا باپ کیا تھا؟ کیونکہ اس طرح تو کریم کے خاندانی شجرے کی ضرورت پڑ جائے گی۔ مختصر یہ کہ کریم کا باپ عبد الرحیم ایک سکول میں ماسٹر تھا۔ کریم اپنے باپ کا دو بیٹیوں پر واحد بیٹا تھا۔ لیکن کہانیوں کے دوسرے کرداروں کی مانند کریم کی کوئی خصوصی پوچھ گچھ گھر میں نہ تھی۔ بس، کریم۔ کریم تھا۔ کسی افسانوی ہیرو کی طرح وہ عشق نہیں کرتا تھا۔ بلکہ بچپن میں باپ کے ساتھ سکول پڑھنے جایا کرتا تھا اور کیونکہ اس کا دل سکول میں نہ لگتا تھا۔ اس لئے وہ باپ کے ہاتھوں اکثر مار کھاتا رہتا تھا۔

تنگ آکر باپ نے اُسے دوسری جماعت سے ہی پڑھنے سے ہی اُٹھا لیا اور تالوں کے کام پر بٹھا دیا۔ جہاں بچپن میں وہ چار آنے یومیہ لاتا رہا۔ جس میں سے ایک آنے کی وہ بیڑیاں پھونکنے لگا تھا۔ بیڑی پینے کی عادت اُسے کارخانے میں ہی لگی تھی، جہاں دوسرے آوارہ قسم کے لونڈے کام کرتے تھے اور زمین پر سے بیڑیوں کے ٹوٹے اٹھا کر پیا کرتے تھے۔

پھر عام باپوں کی طرح رحیم نے بھی اپنی دونوں بیٹیوں میں سے ایک بیٹی شکیلہ کی شادی اُسی محلہ میں رہنے والے ایک چپڑاسی کے لڑکے سے کردی۔ وہ لڑکا خود بھی کچہری میں چپڑاسی کی جگہ پر ملازم ہوگیا تھا۔ دوسری

لڑکی جمیلہ خود کریم سے بھی تین برس چھوٹی تھی۔ لہٰذا اس سے قبل کہ اس کی شادی کا نمبر آتا۔ کریم کا باپ مرگیا...... کسی ڈرامائی انداز میں نہیں مرا...... نہ اُسے دوسرے متوسط یا غریب طبقے کے لوگوں کی طرح دق تھی۔ نہ دمہ۔ بس اس کی عمر اتنی ہی لکھی تھی۔ چنانچہ وہ پچاس برس کی عمر میں ہی چل بسا۔ اور اُس دور میں کریم کو کارخانے سے آٹھ آنے یومیہ ملنے لگے تھے۔

لیکن کریم کے آٹھ آنے یومیہ میں اُن تین افراد کا خرچہ نہیں چل سکتا تھا۔ جن میں کریم کی ماں، جمیلہ اور خود کریم شامل تھے۔ چنانچہ کریم کی ماں نے کارخانوں سے کچھ کام گھر میں منگوا کر بھی کرنا شروع کر دیا۔ کسی کارخانے سے تالوں کا کام آجاتا تھا۔ کسی سے بھوکلی ڈالنے کا اور کہیں سے بکلسوں میں پن پرونے کا۔ اور اس طرح اُن تینوں کا پیٹ آسانی سے بھرنے لگا تھا۔ ویسے کریم نے اب ایک آنے روز کی بیڑیوں کے ساتھ دو پیسے روز کا پان بھی کھانا شروع کر دیا تھا۔

اور بھائیوں کی طرح کریم بھی جمیلہ کا بھائی تھا۔ ظاہر ہے کہ جمیلہ بھی کریم کی بہن ہوگی۔ لیکن غریب لوگوں کے گھر میں سب سے بڑی مصیبت یہ ہوتی ہے کہ لڑکیاں دیکھتے ہی دیکھتے بڑھتی ہیں اور ایک دم اس طرح جوان ہو جاتی ہیں، جیسے اُس بنئے کا سود! اور بیاج جس سے قرض لیا گیا ہو۔

چنانچہ کریم کی بہن جمیلہ بھی دیکھتے ہی دیکھتے جوان ہوگئی۔ شاید جمیلہ کی عمر چودہ برس کی بھی پوری نہ ہوئی ہوگی کہ اس کی گندمی سی رنگت میں ایک نکھار سا آگیا۔ آنکھوں میں سُرخ ڈورے اُبھر آئے۔ گالوں پر

سرخی آگئی اور چال میں ایک ایسی دلکشی، جو صرف جوانی کے الھڑپن سے ہی آسکتی ہے۔

کریم اُن دنوں سولہ برس کا تھا اور اپنی بہن جمیلہ کے مقابلے میں کم جوان تھا۔ کیونکہ اس کی آنکھوں میں ابھی وہ اضطراب اور سُرخ ڈورے نہ آئے تھے البتہ اِس کی آمدنی اب آٹھ آنے یومیہ سے ایک روپے یومیہ ہوگئی تھی اور وہ دِن میں دو آنے کا بیڑی کا بنڈل اور ایک آنے کی ماچس اور ایک آنے کے دو پان کھالیتا تھا تو ماں اُس سے کہتی تھی۔

"ارے اب تجھے کب عقل آئے گی، کب تو مجھے پورا روپیہ لاکر دیگا اتنا بھی نہیں سوچتا کہ جوان بہن گھر میں بیٹھی ہے۔ ابھی اس کا شادی بیاہ بھی کرنا ہے۔"

لیکن کریم ماں کی بات پر کبھی دھیان نہ دیتا تھا۔ کیونکہ ایسا تو عموماً مائیں کہتی ہی ہیں۔ وہ جانتا تھا کہ جب اس کے ابا پوری تنخواہ لاکر اماں کو دیتے تھے، تب بھی اماں کچھ اِسی قسم کے جملے کہتی تھیں کہ اتنی سی تنخواہ میں کیا ہوگا۔ دو بیٹیاں شادی کے لئے بیٹھی ہیں۔۔۔۔ لیکن اسی تنخواہ میں ایک بیٹی کی شادی بھی ہوگئی تھی۔ چنانچہ وہ سوچتا تھا کہ اسی طرح اماں کہتی رہے گی اور کبھی نہ کبھی دوسری بہن کی بھی شادی ہو جائے گی۔ لہذا اُسے فکر ہی کرنے کی کیا ضرورت ہے؟

اِس کے علاوہ ایک جوان آدمی کا خرچہ کیا چار آنے روز بھی نہیں ہوسکتا؟ اگر کبھی کبھی وہ اس روپے میں سے چھ آنے بائیسکوپ پر خرچ کر آتا تو اس روز ماں کچھ زیادہ ہی چلاتی تھی۔ لیکن کریم کبھی ماں کے چیخنے چلانے کو اہمیت نہ دیتا تھا۔

۱۱

اور یہ گاڑی اسی طرح چل رہی تھی۔ قریب ہر روز اماں اُسے جمیلہ کے جوان ہونے کا خوف دلاتی تھیں۔ جیسے جمیلہ جوان ہو گئی۔ گھر کی چھت ٹپکنے لگی ہو، اور اماں اُسے برسات کا خوف دلاتی ہوں کہ اس بار کوٹھے میں سونے کی جگہ بھی نہ رہے گی۔

لیکن ایک روز جب کریم کی کھوپڑی پر ایک بوند ٹپک پڑی تو وہ سچ مچ چونک پڑا۔ اور اُس نے سوچا کہ واقعی چھت ٹپکنے لگی ہے۔ لیکن کریم یہ نہ سوچ سکا کہ غریب آدمیوں کی چھتیں اِتنی کمزور کیوں ہوتی ہیں۔

یہ کریم کے ماضی کا مختصر سا تعارف تھا۔ میں سوچ رہا ہوں کہ اس تعارف کو یہیں ختم کرکے اب کریم کی کہانی اسی طرح شروع کردوں، جیسے عام کہانیاں لکھی یا کہی جاتی ہیں۔۔۔۔۔۔۔۔

دو

آج کریم بہت زیادہ خوش تھا۔

خوش کیوں نہ ہوتا؟ آج اس کی روزانہ مزدوری میں آٹھ آنے روزانہ کا اضافہ ہوا تھا۔ یعنی پہلے وہ روزانہ ایک روپیہ پاتا تھا۔ آج سے اس کی مزدوری ڈیڑھ روپیہ یومیہ لگا تھی۔ یہ خوش خبری آج ہی اُسے ٹھیکیدار کے حساب کتاب رکھنے والے ملّن نے سنائی تھی۔ ملّن سے کریم کو ایک شدید قسم کی نفرت تھی۔ کیونکہ ملّن ٹھیکیدار کا ایک

ایک معتمد ملازم تھا جس کے ہاتھ میں ٹھیکیدار نے تجوری کی چابی تک دے رکھی تھی۔ اور ہر شام کو ملن ہی کے ہاتھوں حساب تقسیم ہوا کرتا تھا اور ملن عموماً مزدوری دیتے وقت اس قسم کا رویہ اختیار کرتا تھا، جیسے وہ ملازم نہ ہو مالک ہو..... اور تجوری سے وہ رقم جو بانٹ رہا ہو، وہ ٹھیکیدار کی بجائے اس کی ذاتی ملکیت ہو..... خود مزدوری لیتے وقت جس قدر بے قرار ہو سکتا ہے۔ ملن ان لوگوں کی مزدوری دیتے وقت اُسی قدر سکون اور کاہلی کا مظاہرہ کرتا تھا۔ جن لوگوں کا ہفتہ وار حساب تقسیم ہوتا تھا، ان کو تو ملن کبھی پوری رقم نہ دیتا تھا اگر دس روپے کی مزدوری ہوتی تو اس میں دو روپے ضرور کاٹ لیتا تھا۔

کریم کو تو ایک روپیہ یومیہ ہی ملتا تھا۔ کبھی کسی روز نہ مل سکتا تھا تو دوسرے روز پورے دو روپے مل جاتے تھے۔ لہٰذا اُسے ملن سے کیا شکایت ہو سکتی تھی۔ لیکن دوسرے کاریگروں کی زبان سے ملن کی برائی سُن سُن کر اُس کے دل میں بھی ملن کے لئے نفرت پیدا ہو گئی تھی۔

مگر آج اُسے اسی ملن پر پیار آ رہا تھا۔ کیونکہ آج ملن نے اس کی مزدوری میں آٹھ آنے روز کے اضافے کی اطلاع دی تھی اور تمام دن وہ بڑے مگن انداز میں کام کرتا رہا تھا۔ شام کو جب کام سے فارغ ہو کر اس نے کارخانے کے نل پر ہی مٹی سے رگڑ رگڑ کر ہاتھوں کی کالک چھڑائی اور ملن کے ہاتھ سے ڈیڑھ روپیہ لے کر وہ کارخانے سے نکلا تو وہ بہت زیادہ مگن نظر آ رہا تھا۔ ابھی وہ کارخانے سے نکلا بھی نہیں تھا کہ جمن نے اُسے پکارا۔

"ابے او کریما......"

کریم چونک کر رک گیا۔ اور جمن کے انداز تخاطب پر اسے بہت تاؤ آیا..... یہ بڈھا ہمیشہ اسے اسی طرح پکارا کرتا تھا۔ اگر اس کا بس چلتا تو وہ اس کی داڑھی پکڑ کر دو چار جھٹکے ضرور دے ڈالتا۔ لیکن ٹھیکیدار کا ملازم تھا، اس لئے جمن سے کچھ نہ کہتا تھا۔

"کیا ہے؟" کریم نے جھٹکے سے پوچھا۔

"تجھے ٹھیکیدارنی بلا رہی ہیں....." جمن لاپروائی سے بولا۔ پھر ایک طرف چلا گیا۔ لیکن کریم کے دل سے ڈیڑھ روپیہ ملنے کی مسرت کا سارا نشہ کافور ہو گیا۔ وہ جانتا تھا کہ اب اسے ٹھیکیدارنی کی کوئی بیگار کرنا پڑے گی..... یہ بات تنہا کریم ہی کے ساتھ نہ تھی۔ ٹھیکیدارنی جب اور جسے چاہتی تھیں۔ بلا کر کوئی نہ کوئی کام ضرور بتا دیتی تھیں، جمن ان کا گھریلو ملازم تھا۔ لیکن وہ ایک طرح سے حرام کی تنخواہ پاتا تھا، کیونکہ وہ سوائے کارخانے یا گھر میں جھاڑو دے لینے کے اور کچھ نہ کرتا تھا۔ ٹھیکیدارنی کے گھر کا سارا سودا سلف..... ترکاری سے لے کر منوں گیہوں تک کارخانے میں کام کرنے والے کاریگر ہی لایا کرتے تھے۔ کبھی کوئی تو کبھی کوئی......

کریم لڑکھڑانے کے انداز میں چلتا ہوا دوسری منزل کے زینے چڑھنے لگا۔ دوسری منزل پر ٹھیکیدار مع اپنے بیوی بچوں کے رہتے تھے اور نچلی منزل میں کارخانہ تھا۔ دوسری منزل پر پہنچ کر کریم گھر گھستا چلا گیا ٹھیکیدارنی کسی بھی کاریگر سے پروا نہیں کرتی تھیں۔

لیکن اس روز وہ جیسے ہی آنگن میں پہنچا۔ اس کے جسم میں سناٹا

چڑھا گیا۔ کیونکہ آنگن میں اُس نے ٹھیکیدانی کی بجائے ایک نئی صورت دیکھی تھی۔ ایک گوری چٹی خوبصورت اور صاف ستھری لڑکی۔ جو سفید سوٹ پر سفید ہی دوپٹہ اوڑھے ہوئے تھی۔ پہلی ہی نظر میں کریم کو وہ بہت اچھی لگی اور اسے اپنے دل میں کچھ ایسی ایسی دھڑکن محسوس ہوئی، جیسے وہ کسی موٹر میں بیٹھا ہو، اور تیزی سے چلتی ہوئی موٹر اچانک نشیب میں چلی جائے تو دل میں ایک میٹھی دھڑکن محسوس ہوتی ہے۔ ایک کیف آلود اور لذت انگیز سی دھڑکن...... دوسرے ہی لمحے کریم ٹھیکیدارنی کی آواز سُن کر چونک پڑا۔

"ارے تو آگیا رے.....؟"

"ایں..... ہاں جی..... کیوں بلایا تھا؟" وہ گھبرا کر بولا۔

اُس نے دیکھا وہ گوری چٹی لڑکی اس کی گھبراہٹ دیکھ کر مسکرا پڑی تھی اور کریم کو اپنا جسم ہلکا پھلکا ہو کر ہوا میں اڑتا ہوا لگنے لگا۔ ٹھیکیدارنی نے کہا۔

"ارے جا رے..... پانچ روپے کی بالوشاہی تو لا دے......"

"جی..... اچھا۔"

ٹھیکیدارنی نے پانچ کا نوٹ اُسے دیتے ہوئے کہا۔

"یہ سلمیٰ میٹرک میں پہلے ڈویژن سے پاس ہوئی ہے۔ اس کے ابا نے کہا تھا کہ کسی سے مٹھائی منگوا کر بانٹ دینا۔ ذرا جلدی سے لائیو..... اور ہاں..... دیکھو..... کہیں باسی مت اٹھا لائیو تو بھوندو تو ویسے ہی ہے۔ خوب اچھی طرح دیکھ کر لانا، نہیں تو دوبارہ دوڑاؤنگی۔"

۱۵

"مالکن..... یہ سلمیٰ بی کون ہیں؟" کریم نے آہستہ سے پوچھا۔

"ارے۔ تو نہیں جانتا اسے؟ یہ تیرے مالک کی بڑی لڑکی ہے اپنی نانی کے پاس زیادہ رہتی ہے۔ انہوں نے اسے گود لے لیا تھا، وہیں پڑھتی بھی ہے۔ ادھر تین مہینے کی چھٹیوں میں آئی ہے۔"

کریم یہ تفصیلات سُن کر سلمیٰ پر نگاہ ڈالتا ہوا زینے سے اتر گیا۔ وہ اپنے دل میں ایک کسک سی لئے ہوئے حلوائی کی دُوکان پر گیا مٹھائی خریدی اور واپس آگیا اُسی ٹوکری میں سے اُسے سب سے پہلے مٹھائی ملی اور وہ بھی سلمیٰ کے ہاتھ سے لیکن سلمیٰ کے ملی ہوئی بالوشاہی کو اُس نے کھایا نہیں۔ زینے سے اُترتے ہوئے اس نے اُسے اس طرح سونگھا جیسے اس میں سلمیٰ کی اُنگلیوں کی خوشبو بس گئی ہو گی اور پھر اُسے احتیاط سے جیب میں رکھ لیا۔

تمام راستے وہ سلمیٰ کے بارے میں ہی سوچتا ہوا گیا۔ لیکن وہ اپنے محدود دماغ کے ساتھ سلمیٰ کے لئے اتنا ہی سوچ سکتا تھا کہ سلمیٰ اتنی اچھی کیوں لگ رہی تھی؟ کسی ایسی گڑیا کی مانند جو نمائش میں سجائی گئی کسی دوکان کی شیشے کی الماری میں رکھی ہو۔ کریم کو یاد تھا کہ ایسی ہی ایک نمائش میں ایک خوبصورت گڑیا جب اس کی بہن جمیلہ کو اچھی لگی تھی اور اُس نے گڑیا کی قیمت پوچھی تھی تو دس روپے بتائی گئی تھی جنھیں سُن کر اُس کے پیروں تلے سے زمین کھسک گئی تھی اور وہ جمیلہ کو روتا ہوا لے کر آگے بڑھ گیا تھا۔ پھر کئی سرکس اور تماشے دیکھنے کے بعد جمیلہ بہل سکی تھی۔

سلمیٰ بھی اُسے شیشے کی الماری میں رکھی ہوئی مہنگی گڑیا کی مانند معلوم ہو رہی تھی، اور وہ سلمیٰ کے بارے میں سوچتا ہوا چلا جا رہا تھا۔ اُسے یہ بھی خیال نہیں رہا تھا کہ آج اُسے ایک روپے کی بجائے ڈیڑھ روپے کی مزدوری ملی ہے، اُس نے شام کا پان بھی نہیں خریدا تھا ورنہ روز ایک آنہ کا واپسی میں وہ نکڑ پر موجود پنواڑی کی دکان سے پان ضرور خریدتا تھا۔ جس میں وہ الائچی اور سونف ضرور ڈلواتا تھا اور ایک میٹھا مسالہ بھی ڈلواتا تھا۔ جس سے پان کی لذت بڑھ جاتی تھی۔

وہ ابھی سوچ میں ڈوبا ہوا گلی میں پہنچا۔ اسی گلی میں ایک کونے میں اس کا مکان بھی تھا، گلی میں تاریکی تھی۔ کریم کو کسی اینٹ سے ٹھوکر لگ گئی، اور اُس نے سی کر کے اپنا انگوٹھا پکڑ لیا۔ چند لمحے انگوٹھے میں اتنی شدید سی تکلیف رہی کہ وہ بلبلا سا گیا۔ اور پھر...... آہستہ آہستہ ٹھنڈک پڑتی گئی۔ اب اُس نے اُٹھ کر میونسپلٹی کی اس لالٹین کو دیکھا۔ جس میں میونسپلٹی کا چپڑاسی روزانہ سیڑھی سے چڑھ کر تیل ڈال جاتا تھا۔ لیکن کسی کسی روز وہ اندھیری میں ہی پڑی رہتی تھی۔ ممکن ہے کسی روز چپڑاسی کا ادھر آنے کا موڈ نہ ہوتا ہو یا تیل ہی نپٹ جاتا ہو۔

آج بھی گلی میں اندھیرا تھا۔ حالانکہ پچھلی گلی میں بجلی کے کھمبے بھی تھے۔ اس گلی میں بجلی نہیں تھی یا تو یہ گلی اب تک میونسپلٹی والوں کی نظروں میں ترقی کے قابل نہ تھی۔ یا پھر اس گلی کے رہنے والوں میں ہی اتنی جرأت نہ تھی کہ میونسپلٹی میں رپورٹ کرتا کہ جبکہ چپے چپے پر بجلی پھیلی ہوئی ہے۔ اس گلی میں بجلی کیوں نہیں؟ اصل میں اس گلی میں رہنے والے سب ہی لوگ کریم کی طرح معمولی کاریگر اور مزدور ہی تھے

جنہیں کام سے اتنی فرصت نہ ملتی تھی کہ اس قسم کے جھمیلوں میں پڑتے۔ حالانکہ یہ ایک جھمیلا گلی والوں کی مشترکہ مصیبت تھا۔ لیکن گلی والے پہلے انفرادی طور پر مصائب سے نپٹ لیتے، تب اُس مشترکہ مصیبت کا مقابلہ کرتے۔ لیکن شاید اس کاریگر طبقے کے لئے خدا نے کوئی ایسا دور نہ رکھا تھا جس دور میں یہ طبقہ اپنی انفرادی مصیبت سے چھٹکارا پا سکتا یہ پھر سب لوگ مشترک ہو کر کسی ایک مصیبت کا مقابلہ کر سکتے۔

کریم سسکاریاں بھرتا ہوا اپنے دروازے کے نزدیک پہنچ گیا اس کے دروازے پر ٹاٹ کا پردہ پڑا ہوا تھا۔ کریم نے پردہ ہٹایا اور ایک دم سے اندھیرے میں ایک سایہ دو حصوں میں تقسیم ہوتا ہوا نظر آیا۔ کریم چونک پڑا۔ کیونکہ وہ اس دور کے ان چوروں سے واقف تھا۔ جو یہ تمام دروازوں میں گھس کر بیٹھ جاتے تھے اور اندھیرے میں اگر پیتل کا لوٹا ہی لے بھاگتے تو کریم جیسے لوگوں کے لئے ایک بڑی چپت ثابت ہوتی ؟ چنانچہ کریم نے ذرا دل کڑا کر کے کہا۔

"کون ہے....."

یہ بھی ایک عجیب کیفیت ہوتی ہے۔ بڑے بڑے بہادر لوگ جو شاید شیر کے شکار کے عادی ہوں۔ ایک معمولی چور سے خوف کھاتے ہیں۔ کریم جو چکلے بازو اور تیس انچ کا سینہ رکھتا تھا لیکن چور کے خیال سے اس کا دل لرز رہا تھا۔

لیکن کریم کی آمد پر صرف ہلکی سی اس قسم کی سرسراہٹ ضرور ہوئی۔ ہلکی سی چوڑیوں کی کھنک بھی سنائی دی..... اور کریم کا دل کسی کے اندیشے سے دھڑک اٹھا۔ اُس نے زور سے کہا۔

۱۸

"کون ..... جمیلہ ....."

لیکن جواب پھر بھی نہ ملا۔ اندر سے اماں کی آواز سنائی دی۔

"کیا بات ہے اے کریم ..... جمیلہ پڑوس میں گئی ہے ....."

"اماں یہ دروازے میں کون ہے؟" کریم نے ذرا بلند آواز میں کہا۔

اور ذرا ایک قدم پیچھے ہٹ گیا۔ اماں نے اندر سے کہا۔

"دروازے میں ارے کون ہے۔ ٹھیر، میں لیمپ لے کر آرہی ہوں۔"

پھر اماں کے سلیپروں کے گھسٹنے کی آہٹ ہوئی۔ اچانک بائیں سمت کی دیوار سے چپکے ہوئے ایک سائے نے چھلانگ لگائی اور کریم کو دھکیلتا ہوا باہر نکل گیا۔ کریم بوکھلایا ہوا چیخا۔

"ابے۔ ابے۔ ٹھہر تو ..... پکڑ لو ....."

پھر وہ اماں کی آواز سنتا ہوا گلی میں اس سائے کے پیچھے بھاگتا چلا گیا۔ جو ایک چیک کا تہ بند اور سینڈو بنیان پہنے ہوئے تھا۔ کریم اسے صورت سے نہ پہچان سکا تھا۔ لیکن اس کے دوڑنے کے انداز سے کریم نے اسے پہچان لیا تھا۔ وہ شرف الدین تھا۔ جو رحمان ٹھیکیدار کے یہاں ٹکسوؤں کا کام کرتا تھا۔ اور ٹکسوؤں میں پن ڈلوانے کے لئے جو ٹکسوئے رحمان ٹھیکیدار مزدوری پر اماں اور جمیلہ کے لئے بھیجتے تھے، وہ شرف الدین ہی لایا اور لے جایا کرتا تھا۔

کریم پیچھے سے چیخا۔

"او سُسر تو کے بچے۔ میں نے تجھے پہچان لیا ہے۔"

لیکن مردود کا بچہ بھاگتا ہی چلا گیا اور اگلی گلی کے موڑ پر غائب ہوگیا۔ کریم چند لمحوں تک وہیں کھڑا ہوا ہانپتا رہا۔ پھر اپنی سانسوں پہ قابو پانے کی کوشش کرتا ہوا بولا۔

"اچھا..... سالے۔ دیکھ لوں گا تجھے۔"

پھر ہانپتا ہوا گھر واپس آیا۔ جہاں اماں اب بھی دروازے میں موجود تھیں وہ ہاتھ میں لیمپ لئے کھڑی تھیں۔ ان کے پاس ہی جمیلہ کھڑی تھی۔ اس کا چہرہ ہوا ہو رہا تھا۔ اماں نے پوچھا۔

"ارے کون تھا رے، تو کسی کے پیچھے بھاگا تھا؟"

"شرف الدین....." کریم نے سانس درست کرتے ہوئے کہا

"شرف الدین ہیں.....؟ ہمارے دروازے میں کیا کر رہا تھا؟" اماں نے حیرت سے پوچھا۔

"اُس سے پوچھ....." کریم نے جمیلہ کی طرف اشارہ کر کے کہا۔

اماں سناٹے میں کھڑی رہ گئیں۔ لیکن جمیلہ جلدی سے بولی۔

"اے واہ۔ میں کیا جانوں۔ میں تو پڑوس میں تھی۔ تمہاری آواز سُنکر آئی تھی۔ تم بھاگتے ہوئے ادھر چلے گئے تھے اور میں نے اماں کو دیکھا تھا۔"

"جھوٹ بولتی ہے......" اور کریم کا ہاتھ اٹھ گیا۔

جمیلہ چکرا کر گر پڑی۔ کریم کی لات چلی۔ لیکن اماں نے اُسے روک لیا۔ جمیلہ زور زور سے رو رہی تھی۔ اماں نے کہا۔

"ارے کیوں پاگل ہو رہا ہے۔ کیا محلے میں فضیحتہ کر کے ناک کٹوائے گا۔"

اور اس وقت واقعی بات کریم کی سمجھ میں آگئی تھی لیکن اس کا غصہ کم نہیں ہوا تھا۔ وہ جمیلہ کو بالوں سے پکڑ کر اندر لے گیا تھا۔ اور اماں سے کہا تھا۔

اس کے ہاتھ پیر باندھ کر رکھو۔ اگر میں نے آئندہ کسی کے سامنے دیکھ لیا تو گلا گھونٹ کر پھانسی پر چڑھ جاؤنگا۔"

"تو کیا گھونٹے گا، میں ہی زہر کھلا کر ختم کر دونگی"۔ اماں نے آنسو پونچھتے ہوئے کہا۔ نصیبوں جلی نے یہ بھی نہ سوچا کہ اس محلے میں اپنی ناک کیسی اونچی ہے۔ ہمارا بچپن اور جوانی اسی محلے میں گزر گئی۔ ماسٹر جی بھی اسی محلے میں رہتے تھے۔ لیکن کبھی انہوں نے شادی سے پہلے ہمارا آنچل تک نہ دیکھا تھا۔ ارے ہتھیاری تجھے ہو کیا گیا تھا؟"

لیکن ہتھیاری صرف روتی اور سسکتی رہی۔ کچھ بولی نہیں۔

اماں بڑبڑانے لگیں۔

"یہ سب تیرا ہی قصور ہے۔ جوان بھائی ہے، ہٹا کٹا ہے لیکن اتنا بھی نہیں کماپاتا کہ وہ ماں بہنوں کا پیٹ بھر سکے اور اس کی شادی کے لئے کچھ جمع ہو جائے، پیٹ بھرنے اور عزّت رکھنے کے لئے یہ کام ماں بہنوں کو کرنا پڑتا ہے۔ گھر میں غیر آتے جاتے ہیں۔ اس زمانے کا حال ویسے ہی ٹھیک نہیں، کب کسی کی نیت خراب ہو جائے۔ کلجگ ہے کلجگ۔ ایسے میں تو پہلے ہی کہتی تھی کہ پرانے زمانے کے جہاندیدہ لوگ برسات آنے سے پہلے ہی چھت دیکھ لیا کرتے تھے۔ تاکہ کہیں سے ٹپکنے ہی نہ پائے"

ماں بول رہی تھیں اور کریم سوچ رہا تھا کہ واقعی پرانے زمانے

کے بزرگ ہوشیار ہوتے تھے۔ اماں کی بات کو وہ مانتا ہی نہ تھا۔ اب تو واقعی چھوت ٹپکنے لگی ہے، اُسے کیا کرنا چاہیئے؟ اُسے اس چھوت کا انتظام تو کرنا ہی ہوگا۔

تین

دوسرے روز شام تک وہ جمیلہ کا واقعہ بھول گیا۔

حالانکہ اُس روز رات کو وہ نصف رات تک جاگتا رہا تھا اور سوچتا رہا تھا، اور اُس نے محسوس کیا تھا کہ جمیلہ بھی اپنے بستر پہ جاگ رہی ہے اور جمیلہ کا خیال آتے ہی اس کے ذہن میں غصہ اُٹھتا تھا اور وہ سوچتا تھا کہ صبح ہی وہ شرف الدین کے گھر جائے گا۔ اور شرف الدین کو سڑک پر بُلا کر مارے گا، شرف الدین کو مزہ چکھائے گا۔ کہ دوسرے کی بہن پر نظر رکھنے کی کیا سزا ہوتی ہے؟

لیکن صبح تک اس کے دماغ سے غصہ کا جوش و خروش اُتر گیا تھا کیونکہ صبح ہی اس کی اماں نے اس سے کہا تھا۔

"دیکھ رے...... اب کوئی پاگل پن نہ کریو۔"

"کیا پاگل پن؟" کریم نے حیرت سے پوچھا۔

"کبھی شرفو پر جا پڑے، وہ مرد ہے، اس کا کچھ نہ جائے گا لیکن چار آدمیوں کے کانوں میں بات پڑے گی تو اپنی ہی بدنامی ہوگی۔ بس رحمان خاں سے کہہ دیجیو کہ شرف الدین کے ہاتھ بکسوے نہ بھیجا کریں۔ کسی

اور لڑکے کے ہاتھ بھیجدیں۔"

"اماں۔ اب اس گھر میں بکسوئے آئیں گے ہی نہیں"۔

ارے بکسوئے نہ آئیں گے تو خرچہ کیسے چلے گا۔ اس آگ لگی کو کیسے گھر سے نکالا جائے گا۔" اماں کا اشارہ غالباً جمیلہ کی طرف تھا۔

کریم سوچنے لگا تھا کہ واقعی اماں ٹھیک کہتی ہے اگر اس کی مزدوری ایک روپے سے ڈیڑھ روپے ہو گئی ہے تو اس کا مطلب یہ نہیں کہ کہیں سے اس کے نام لاٹری نکل آئی ہو۔ ڈیڑھ روپے میں کیا گھر کا خرچہ چلے گا اور کیا جمیلہ کی شادی کا انتظام ہو گا۔

ٹھیک ہے، اس نے سوچا کہ بکسوئے آئیں گے۔ لیکن ٹھیکیدار رحمان سے کہوں گا کہ شرف الدین کو نہ بھیجا کریں اور اس روز اس نے ٹھیکیدار رحمان سے کہہ دیا تھا کہ بکسوئے کسی اور لڑکے کے ہاتھ بھیجا کریں۔ ٹھیکیدار رحمان نے اس سے وجہ بھی نہ پوچھی تھی۔ کیونکہ انہیں تو اپنے کام سے کام تھا۔ بکسوؤں میں پن ڈالنا کوئی معمولی کام نہ تھا۔ گھنٹوں جوئیں سی مارتے رہنا پڑتا تھا۔ اور یہ مشکل کام گھر کی عورتیں صرف نام کی مزدوری پر کر دیا کرتی تھیں۔

اس روز جب کریم کارخانے گیا تو دوپہر کو ہی اسے ٹھیکیدار نے کسی کام سے بلایا اور جاتے وقت اسے ایک دم سلمیٰ یاد آگئی اور کریم کے دل کی وہی کیفیت ہو گئی۔ اس روز اس نے سلمیٰ کو ہلکے گلابی سوٹ میں دیکھا۔ لیکن سلمیٰ نے اس کی طرف دھیان تک نہ دیا۔ کریم افسردہ سا چلا گیا۔ لیکن اس کے بعد جب بھی بڈھا چمن کسی اور لڑکے کو بلانے آتا۔ کریم ہی اٹھ کر چل دیا تھا۔ کریم کی اس تبدیلی کو کسی نے بھی نہ محسوس

کیا۔ بلکہ دوسرے لڑکے تو خوش ہو گئے تھے کہ انھیں بیگار سے نجات مل گئی تھی لیکن کریم اس میں ہی خوش تھا کہ اُسے دن میں تو تین بار کبھی کبھی زیادہ بار سلمٰی کی صورت دیکھنے کو مل جاتی تھی اور وہ صرف اس کی صورت دیکھ کر ہی دل کی بھڑاس نکالنے کی کوشش کرتا تھا۔ حالانکہ جتنی بار سلمٰی کو دیکھتا تھا، اتنا ہی دل میں سلمٰی کو دیکھنے کی خواہش شدید سے شدید تر ہوتی جاتی تھی۔

اسی طرح کوئی دو ہفتے گزر گئے۔ ان دو ہفتوں کے دوران سوائے کریم کے کوئی بھی لڑکا کبھی بھی اوپر نہیں گیا۔ جب بھی بڈھا چمن کسی لڑکے کو بلانے آیا۔ کریم فوراً اٹھ کر اوپر چلا گیا۔ اس کا نتیجہ یہ ہوا کہ سلمٰی کبھی کبھی اُس سے بات کرنے لگی .... کریم کے لئے یہی بہت تھا۔ جب سلمٰی اُس کی طرف اپنی موٹی موٹی گول سیاہ آنکھوں سے دیکھتی تھی تو کریم کو ایسا لگتا تھا، جیسے وہ آنکھیں اس کے دل کے اندر اُترجائیں گی۔ اس کے دل کی عجیب سی کیفیت ہو جاتی تھی۔ لیکن ٹھیکیدارنی نے کبھی اس کے آنے جانے کو اہمیت نہ دی تھی۔ وہ شاید شبہ بھی نہیں کر سکتی تھیں کہ کریم اپنے دل میں کیا خیالات لئے ہوئے آتا ہے۔

ایک روز کریم جب گھر میں کسی کام سے گیا تو سلمٰی نے کہا۔

"ارے تو کس قدر گندا رہتا ہے۔ بدن سے پسینے کی بدبو آ رہی ہے ذرا اپنے کپڑے تو دیکھ !!"

کریم کو اس روز بہت شرم آئی۔ حالانکہ اس سے قبل وہ انہی کپڑوں میں سڑک پر بھی گھوم آتا تھی لیکن اُسے کوئی شرم نہ محسوس ہوتی تھی مگر اس وقت سلمٰی کا کہنا اس کے دل میں گھر کر گیا۔ سلمٰی کی بات ہی کچھ اور تھی۔

دوسرے دن اتفاق سے جمعہ تھا اور جمعہ کو عموماً کارخانے بند رہتے ہیں۔ کریم نے صبح ہی اٹھ کر نہا دھو کر اپنا سب سے اچھا ڈوریئے کا کرتا نکالا جو گیارہ آنے گز کے ڈوریئے کا تھا اور پچھلی عید پر ہی اماں نے بنوایا تھا۔ اور چھوٹی مُہری کا ایک روپے گز کے لٹھے کا پاجامہ پہنا بالوں میں کڑوا تیل لگا کر، انہیں سنوارا۔ اور جب آئینے کے سامنے کھڑے ہو کر اس نے اپنی صورت دیکھی تو وہ خود ہی جھینپ گیا۔ آج وہ اپنے آپ کو بھی کچھ اچھا لگ رہا تھا۔

اس کے قدم خود بخود ٹھیکیدار کے گھر کی طرف اٹھ گئے، پھر جب وہ ٹھیکیدار کے مکان کی سیڑھیاں طے کر رہا تھا تو اس کا دل بڑی زور زور سے دھڑک رہا تھا۔ ٹھیکیدارنی نے اسے حیرت سے دیکھا اور پوچھنے لگیں "ارے، آج چھٹی کے دن کیسے چلا آیا رے..."

کریم نے سلمیٰ کی طرف داد طلب نگاہوں سے دیکھا تھا۔ جیسے کہہ رہا ہو دیکھو۔ آج تو میں صاف ستھرا ہوں، آج میرے بدن میں پسینے کی بُو نہیں آ رہی۔ اس نے محسوس کیا تھا کہ سلمیٰ بھی اسے غور سے دیکھ رہی ہے۔ کریم نے ٹھیکیدارنی کی بات کا جواب دیتے ہوئے کہا۔

"آج چھٹی تھی، سوچا ٹھیکیدارنی کو کوئی کام نہ ہو۔ اس لئے آ گیا۔"

"ارے واہ رے۔ بڑا خیال رہنے لگا ہے تجھے..." ٹھیکیدارنی نے مسکراتے ہوئے کہا۔

کریم کچھ نہ بول سکا۔ وہ کیسے بتاتا کہ اسے کیوں اتنا خیال رہنے

لگتا ہے؟ بلکہ اس کے دل میں اب اور کوئی خیال ہی نہیں رہتا۔ صرف سلمیٰ ہی سلمیٰ کا خیال رہتا ہے۔ اُس نے یوں ہی بات آگے بڑھانے کو کہا۔ "سلمیٰ بی کب واپس جائے گی؟"

"ابھی ایک مہینہ بھی نہیں ہوا، تین مہینے کی چھٹی ہے......"

اس جواب سے اُسے ایک سکون سا ملا۔ حالانکہ وہ جانتا تھا کہ سلمیٰ تین مہینے کے لئے آئی ہے۔ لیکن بس یونہی خواہ مخواہ اُسے دھڑکا لگا رہتا تھا کہ کسی دن سلمیٰ چلی نہ جائے۔ اور اس وقت اُسے یہ معلوم کرکے بڑا سکون سا مل گیا تھا کہ سلمیٰ ابھی دو مہینے اور رہے گی۔ اُس نے یہ سوچا بھی نہیں تھا کہ اگر سلمیٰ چلی گئی تو وہ کیا کرے گا؟ ابھی سلمیٰ موجود تھی۔ لہٰذا وہ سلمیٰ کے جانے کے بارے میں سوچنا بھی نہیں چاہتا تھا۔ بالکل ایسے ہی جیسے آدمی جانتا ہے کہ اُسے ایک روز مرنا ہے۔ لیکن زندگی میں وہ مرنے کے بارے میں سوچتا تک نہیں ہے۔ وہ موت کے خیال کو ہی دماغ میں نہیں آنے دیتا۔

اس کے بعد اُسے ٹھیکیدارنی نے ایک بیگار لگا ہی دی۔ بازار سے بچوں کو جوتے پہنانے کے لئے چلا گیا۔ چلتے چلتے ٹھیکیدارنی نے کہا۔

"اور دیکھ۔ آج کل چلنے والی کوئی اچھی سی زنانی چپل بھی ایک جوڑی لینا آئیو۔ سلمیٰ کے پیر کی۔ چار نمبر ہے پیر کا.....اور غور سے دیکھ لے۔"

اور سلمیٰ نے سینڈل سے پیر نکال کر سامنے کر دیا۔ کریم کی ریڑھ کی ہڈی میں گدگدیاں سی ہونے لگیں۔ سلمیٰ کا سبک اور نازک سا

پیر بڑا دلکش لگ رہا تھا۔ گوری گوری سُبک سی اُنگلیاں۔ جن کے ناخنوں پر سُرخ پالش چڑھی ہوئی تھی۔ کریم نے جلدی سے نگاہیں ہٹالیں۔ مبادا اس کے چہرے کی تبدیلی کو ٹھیکیدارنی نہ بھانپ لیں۔ ٹھیکیدارنی تو کام میں مشغول تھیں۔ لیکن سلمیٰ خود ہی کریم کے چہرے کے اتار چڑھاؤ کو بہت غور سے دیکھ رہی تھی۔ جب کریم نے گھبرا کر نگاہیں ہٹائیں۔ تو سلمیٰ کے ہونٹوں پر ایک فاتحانہ سی مسکراہٹ پیدا ہوگئی۔

کریم نے ٹھیکیدارنی سے کہا۔

"میں لے آؤں اور سلمیٰ بی کو پسند نہ آئے تو؟"

"تو ایسا کرو......" ٹھیکیدارنی نے کہا۔ تین اور چار نمبروں کے کچھ اچھے اچھے چپلوں کے دس بارہ پیر لے آؤ وہ پسند کرکے ایک لے لے گی"

کریم خوش ہو گیا۔ وہ تو خود اسے چاہتا تھا کہ اسے زیادہ دیر تک یہاں رہنے اور آنے جانے کا موقعہ ملے۔ پھر آج تو اُسے کارخانے کے کام کی بھی کچھ فکر نہ تھی۔ وہ بچوں کو وہیں سے جوتے پہنا لایا۔ لیکن سلمیٰ کے لئے وہ چھ چپلیں ایک ایک پیر کی لے آیا اور جان بوجھ کر ایسی چپلیں لایا جو سلمیٰ کو پسند نہ آئیں۔

پھر بھی انھیں زبردستی پیر میں ڈال کر دکھاتا رہا۔ اس کے بعد پھر وہ دوبارہ بازار گیا اور چار چھ چپلیں اور لے آیا۔ اسی طرح اُس نے پورے چار پھیرے لئے۔ گرمیوں کے پھیروں میں اس کے بدن پر جو بنیان تھی وہ پسینے سے شرابور ہو کر چپک کر رہ گئی۔ چہرہ سرخ ہو گیا۔ لیکن کریم کو تھکن کا احساس نہ ہوا۔ آخری چھ چپلوں میں سے سلمیٰ نے ایک کو پسند کرتے ہوئے کہا۔

"بس یہ ٹھیک رہے گی، تو تھک بھی بہت گیا ہے۔ ایک جوڑا یہی لے آ۔"

کریم کو ایک دھکا سا لگا، وہ ابھی اور پھیرے کرنا چاہتا تھا۔ ٹھیکیدارنی نے پوچھا۔

"کتنے پیسوں کی ہے یہ؟"

"چھ روپے کی" کریم نے کہا۔ "لاؤ سلمیٰ بی۔ پیر میں ڈال کر تو دیکھ لو، بعد میں چھوٹی بڑی ہو گئی تو پھر تکلیف ہو گی تمہیں"

"لے یہ روپے" ٹھیکیدارنی نے دس کا نوٹ دیتے ہوئے کہا۔ "ذرا تلاولا دیکھ کر لائیو۔ ارے گوشت کھُن رہا ہے میں ذرا دیکھوں لگ نہ جائے۔"

ٹھیکیدارنی باہر چلی گئیں۔ سلمیٰ نے ایک ننگا پیر کریم کی طرف بڑھا دیا۔ کریم نے لرزتے ہوئے ہاتھوں سے سلمیٰ کا پسند کیا ہوا چپل اس کے پیر میں پہنایا اور اس دفعہ اس کا ہاتھ سلمیٰ کے پیر سے چھو گیا۔ ایک لذت انگیز سنسنی کی لہر اس کے سارے جسم میں دوڑ گئی اور اس کا دل چاہا کہ وہ اس پیر کو ایک بار پھر چھو لے۔ سلمیٰ اس کا چہرہ غور سے دیکھ کر مسکرائی اور کھلی ہوئی چپل میں اپنی انگلیاں ہلاتی ہوئی کریم کے نزدیک لے جا کر بولی۔

"ٹھیک ہے..... اچھی بھی لگ رہی ہے۔" کریم نے پیشانی سے پسینہ پونچھتے ہوئے کہا۔

"ارے تو کچھ پریشان معلوم ہو رہا ہے؟" سلمیٰ نے مزہ لیتے ہوئے پوچھا

"نہیں تو۔ قطعی نہیں" کریم نے گھبرا کر کہا۔

۲۸

"بدھو کہیں کا۔" سلمیٰ نے ہنستے ہوئے کہا۔

لیکن ہنسنے سے قبل سلمیٰ نے ایک ٹھنڈی سانس لی تھی۔ کریم نے چپکے سے سلمیٰ کا چہرہ دیکھا۔ سلمیٰ پھر مسکرادی۔ کریم جلدی جلدی جوتے سمیٹنے لگا۔ پھر اس نے پسندیدہ چپل ڈبے میں رکھتے ہوئے بڑے ہمت بھرے لہجہ میں کہا۔

"سلمیٰ بی......"

"کیوں؟" سلمیٰ مسکرائی۔

"وہ.... وہ.... آج تو میرے کپڑوں میں بدبو نہیں آ رہی؟" کریم کا حلق خشک ہونے لگا۔

"نہیں۔" سلمیٰ دھیرے سے بولی "تجھے تو ایسے ہی صاف رہنا چاہیے اب تو اچھا لگ رہا ہے۔ بری طرح رہنے سے اچھے بھلے آدمی بھی بدصورت لگنے لگتے ہیں، تو صورت شکل کا بھی برا نہیں ہے۔"

کریم جیسے ہوا میں اڑنے لگا۔ اسے ایسا لگ رہا تھا جیسے اس کا تیس انچ کا سینہ پھول کر چالیس انچ ہو گیا ہو۔ اس کے بازو کی مچھلیاں اور زیادہ بھر گئی ہوں۔ وہ کپکپاتے ہاتھوں سے جوتوں کے ڈبے لئے نیچے اتر آیا۔

اور اس کے بعد وہ سچ مچ صاف ستھرا رہنے لگا۔ کارخانے میں بھی آتا تو صاف کپڑے پہن کر آتا اور ساتھ ہی تہمد لے کر آتا۔ تہمد باندھ کر کام کرتا اور صاف کپڑے پہن کر ٹھیکیدارنی کا کام کرنے جاتا تھا۔ اب سلمیٰ اس سے زیادہ دیر تک باتیں کرتی تھی۔ ایک بار سلمیٰ نے اس سے کہا۔

۲۹

"تُو تو کسی اچھے باپ کا بیٹا معلوم ہوتا ہے؟"

"میرا باپ عبدالرحیم اسکول میں چوتھی جماعت کا ماسٹر تھا۔" کریم نے بڑے فخر کے ساتھ بتایا۔

"تب ہی تو...... تو چہرے مہرے سے ایسا نہیں لگتا کہ یہ معمولی کام کرے، تجھے بھی کہیں ماسٹر ہونا چاہیئے تھا تو نے پڑھا کیوں نہیں؟"

"میرا باپ چھوٹا سا چھوڑ کر مر گیا تھا" کریم نے اپنی پوزیشن بچانے کے لئے صاف جھوٹ بول دیا اور گھر میں کام نہ کرتا تو سب فاقوں مر جاتے۔"

"چہ چہ چہ....." سلمیٰ نے ہمدردی ظاہر کی۔

اس روز کریم کو اپنے نہ پڑھنے کا خیال ہوا۔ اس نے سوچا کہ اگر وہ ماسٹر ہی ہوتا تو کتنا اچھا ہوتا۔ اس کے چھوٹے سے دماغ میں یہ بات نہ سمائی تھی کہ اگر وہ ماسٹر ہوتا تو اس کارخانے میں کیسے کام کرتا! اگر وہ اس کارخانے میں کام نہ کرتا تو اس کی ملاقات سلمیٰ سے ہی کیسے ہوتی؟

بہرحال وہ بہت مگن تھا اور ہر وقت سلمیٰ کے خیال میں ہی ڈوبا رہتا تھا۔ اماں اس سے اب بھی جمیلہ کی شادی کے لئے کہتی تھی۔ لیکن اب وہ بات ایک کان سے سُنکر دوسرے کان سے اُڑا دیا کرتا تھا۔ دو ایک بار اس کے کانوں میں یہ بات بھی پڑی تھی کہ جمیلہ آوارہ ہوتی جا رہی ہے لیکن اُس نے کوئی پروا نہ کی تھی۔ وہ جمیلہ یا اماں کے بارے میں سوچتا ہی نہ تھا۔ شکیلہ بڑی ہوتے ہوئے بھی اُس سے ڈرتی تھی۔

ایک روز جب دوپہر کو کریم کسی کام سے اوپر گیا تو سلمیٰ اُسے اکیلے میں مل گئی۔ ٹھیکیدارنی اس وقت باورچی خانے میں تھیں۔ سلمیٰ اُس روز بھی سفید کپڑوں میں تھی اور بڑی اچھی لگ رہی تھی۔ کریم اُسے غور سے دیکھتا رہا۔ سلمیٰ نے مسکرا کر پوچھا۔

"کیا دیکھ رہا ہے؟"

"وہ..... وہ..... " کریم ڈرتے ڈرتے بولا۔ "آج تم بڑی اچھی لگ رہی ہو۔"

کہنے کو تو وہ کہہ گیا۔ لیکن اس کے پاؤں تلے سے زمین نکل گئی تھی۔ وہ سوچ رہا تھا کہ ابھی سلمیٰ اُٹھ کر اُس کے گال پر چانٹا ماردیگی اور اُسے ٹھیکیدار سے پٹوا کر نکلوا دے گی۔ وہ کانپ گیا۔ لیکن اُس نے سلمیٰ کے ہونٹوں پر مسکراہٹ دیکھی۔ تب اس کی جان میں جان آئی۔ سلمیٰ نے مسکرا کر دبیرے سے ادھر اُدھر دیکھ کر کہا۔

"آج رات کو آئیو، آٹھ بجے کے قریب۔ ایک کام ہے تجھ سے۔"

"ارے کریم..... " اچانک ٹھیکیدارنی نے اُسے پکارلیا۔

پھر وہ ٹھیکیدارنی کے کام کو چلا گیا۔ لیکن سلمیٰ کا یہ جملہ رہ رہ کر اس کے دل کی دھڑکنیں تیز کر دیتا تھا۔ "آج رات کو آئیو، آٹھ بجے کے قریب، ایک کام ہے تجھ سے۔"

تمام دن اسی انتظار میں گزر گیا کہ کسی طرح رات ہو۔ آج کا دن بھی ایسا لگ رہا تھا، جیسے پہاڑ کی طرح لمبا ہو گیا ہے کریم کے ذہن میں کئی بار دن کے لئے گندی گندی گالیاں پیدا ہوتی تھیں۔ خدا خدا کر کے رات ہوئی..... اور کریم نے سات بجے کے قریب

منہ دھو کر تیاریاں شروع کر دیں...... اماں نے اُس سے پوچھا۔
"کہاں جا رہا ہے؟"
"کہیں نہیں...... ذرا ایک دوست کے پاس جا رہا ہوں۔"
"میں کئی روز سے تیرے لچھن دیکھ رہی ہوں۔" اماں نے کھانستے ہوئے کہا۔ کیوں دونوں بہن بھائی میری جان کے پیچھے پڑ گئے ہو؟"
لیکن کریم سُنی اَن سُنی کر کے نکل آیا۔ دروازے میں اُس نے جمیلہ کو بھی دیکھا جو سامنے کے مکان میں واقع ایک کھڑکی میں کھڑے ہوئے کسی لڑکے کو اشارہ کر رہی تھی۔ کریم نے زور سے اُس سے پوچھا۔
"کیوں کھڑی ہے ری یہاں؟"
"ایں، کچھ نہیں۔" جمیلہ سٹ پٹا کر بولی۔ ایک سہیلی کو بُلا رہی تھی۔"
"چل اندر جا۔" کریم نے ڈانٹ کر کہا۔
جمیلہ اندر چلی گئی۔ کریم نے اپنی آنکھوں سے سامنے کھڑکی میں اس لڑکے کو دیکھا تھا جو جمیلہ سے اشارہ بازی کر رہا تھا۔ کریم جانتا تھا کہ وہ ان مولوی صاحب کا لڑکا ہے جو مسجد میں بچوں کو قرآن پڑھاتے ہیں۔ اور کبھی کبھی کسی کے یہاں میلاد شریف بھی پڑھنے جاتے ہیں۔ ان کا رضی جو جوان ہے۔ آج کل اُس مسجد میں مدرسہ شبینہ میں ماسٹر ہے اور مسجد کا انتظام بھی سنبھالتا ہے۔ بقر عید پر

مسجد کو ملی ہوئی مینڈھوں، بکروں کی کھالیں فروخت کرکے مسجد میں روپیہ لگاتا ہے۔ لگاتا کیا ہے ایک چوتھائی آمدنی مسجد کی نذر ہوتی ہے اور باقی گھر میں کام آتی ہے۔

رمتی کو اُس نے صاف طور سے اشارہ کرتے دیکھا تھا لیکن کریم نے اس کی پروا نہیں کی۔ کیونکہ اس وقت اس کا خیال خود ہی دوسری طرف لگا ہوا تھا۔

آٹھ بجے کی بجائے وہ پونے آٹھ بجے ہی ٹھیکیدار کی بلڈنگ کے نیچے پہنچ گیا۔ اُسی وقت اُس نے سلمیٰ کو بالائی منزل کی کھڑکی سے جھانکتے ہوئے دیکھا۔ سلمیٰ نے بجلی کی روشنی میں اُسے دیکھ کر اوپر آنے کا اشارہ کیا، اور کریم سہم گیا۔ وہ سوچنے لگا کہ ٹھیکیدارنی اور ٹھیکیدار وغیرہ جو گھر میں ہوں گے۔

لیکن پھر سلمیٰ خود ہی زینوں پر آگئی اور کریم کا ہاتھ پکڑ کر اوپر لے گئی، کریم کو ایسا لگ رہا تھا۔ جیسے وہ کسی دوسرے کا وجود ہے۔ اور پگھل کر بہا جا رہا ہے۔ گھر میں سلمیٰ اکیلی ہی تھی۔ کریم نے ہانپتے ہوئے اِدھر اُدھر دیکھا اور پوچھا۔

"ٹھیکیدارنی.....!"

اس کے جملہ پورا کرنے سے قبل سلمیٰ بولی۔

"وہ میلاد میں گئی ہیں، بچے بھی گئے ہیں۔ ٹھیکیدار مال لے کر دلّی گئے ہیں۔ میں اکیلی ہی ہوں۔"

"اچھا!!" کریم کی سانس اور تیز ہو گئی۔

"امی۔ بارہ بجے سے پہلے واپس نہیں آئیں گی۔ میرے سر میں

ڈر دیتا اس لئے نہیں گئی۔"

کریم کا دل اور زور زور سے دھڑکنے لگا۔ سلمیٰ اسے پہلی بار بالکل اکیلی ملی تھی اور سلمیٰ کے جسم پر وہی سفید جوڑا تھا جسے پہن کر اُسے سلمیٰ بہت اچھی لگتی تھی۔ مرکری کی ہلکی نیلی روشنی میں سلمیٰ کسی ایسی پری کی طرح لگ رہی تھی۔ جیسے اُس نے کسی رنگین فلم میں دیکھا ہو۔ سلمیٰ نے اس کا ہاتھ پکڑ کر کہا۔

"کیا سوچ رہا ہے؟"

"ایں! کچھ نہیں۔" کریم نے سلمیٰ کا ہاتھ مضبوطی سے پکڑ کر کہا۔

"اس وقت..... تم بہت اچھی لگ رہی ہو۔ بہت اچھی۔"

"آج تو بھی بہت اچھا لگ رہا ہے۔"

اور پھر رات کو بہت دیر تک وہ دونوں اس تنہائی کا فائدہ اُٹھاتے رہے۔ اور جب سلمیٰ کی نظر گھڑی پر پڑی تو وہ چونک گئی اور اس نے کریم سے کہا۔

"ارے، اب تم جاؤ۔ ساڑھے گیارہ بج رہے ہیں۔ امّی آتی ہی ہوں گی۔"

لیکن کریم کا ابھی جانے کو جی نہیں چاہ رہا تھا لیکن سلمیٰ نے کہا۔

"پاگل مت بنو۔ اب چلے جاؤ۔ اب کل آنا..... رات کو گیارہ بجے..... کل سے میں نیچے صحن میں سویا کرونگی۔ امّی سے کہدونگی کہ اب مجھے اگلی کلاس کے لئے پڑھنا ہے اور پڑھائی اکیلے ہی میں ہوتی ہے نیچے صحن اکیلا پڑا رہتا ہے۔"

"اچھی بات ہے۔" کریم نے لرزتے ہوئے لہجہ میں کہا۔

پھر وہ جب زینوں سے اُتر کر لڑکھڑاتا ہوا اپنے گھر کی طرف چلا تو اُسے بڑا ایڑا الگ رہا تھا۔ اس کا دل چاہ رہا تھا کہ کاش وہ ساری رات سلمٰی کے ساتھ گذار سکتا۔

اپنی گلی میں پہنچتے ہی اُس نے دُور سے میونسپلٹی کی لالٹین کی روشنی میں دو انسان سامنے دیکھے وہ خود اندھیرے میں تھا اس لئے اُسے نہیں دیکھا جاسکتا تھا اُس نے دونوں کو مولوی صاحب کی بیٹھک سے نکلتے دیکھا تھا۔ وہ ٹاٹ کا پردہ اُٹھا کر لڑکھڑاتا ہوا گھر میں گھس گیا۔ اندر صحن میں اس کی بوڑھی اماں زور زور سے خراٹے بھر رہی تھیں۔ وہ تمام دن کی تھکن کے بعد ایسی نڈھال ہوکر سوتی تھیں کہ اپنی سُدھ بُدھ تک نہ رہتی تھی۔

کریم نے جمیلہ کی طرف دیکھا جو اپنے بستر پر اس طرح پڑی تھی جیسے بہت ہی گہری نیند سو رہی ہو۔ کریم نے دل ہی دل میں کہا۔

"دیکھو تو..... کیسے بنی پڑی ہے، جیسے بہت ہی گہری نیند سو رہی ہے۔"

پھر اُسے سلمٰی کا خیال آگیا اور وہ پلنگ پر لیٹ کر سلمٰی کے خیالوں میں ڈوب گیا۔

چار

کریم نے سانس روک کر، سر اٹھا کر، اماں کے پلنگ کی طرف دیکھا اماں لمبی لمبی سانسیں لے کر سو رہی تھیں۔ تمام دن کام کاج میں مصروف رہنے کے بعد شام کو جب بستر پر لیٹتی تھیں تو اسی طرح نڈھال ہو کر پڑتی تھیں کہ رات کے کسی حصے میں اُن کی آنکھ نہیں کھلتی تھی۔ حالانکہ عموماً بوڑھے لوگ بے خوابی کا شکار ہو جاتے ہیں لیکن اماں میں یہ بات نہ تھی اس کے علاوہ انہیں آنکھوں سے کم دکھائی دینے لگا تھا۔ لہٰذا اگر رات کو کسی وقت ان کی آنکھ کھل بھی جاتی تھی تو انہیں یہ نہیں نظر آسکتا تھا کہ کریم یا جمیلہ کا پلنگ خالی پڑا ہے۔

کریم نے اماں کی طرف سے اطمینان کر لینے کے بعد جمیلہ کی طرف دیکھا جمیلہ بھی اس کی دانست میں بے خبر سو رہی تھی۔ کریم آہستگی سے بستر سے اُٹھا اور اپنی چپل ہاتھ میں لے کر دبے پاؤں دروازے میں سے نکل آیا اُس نے مولوی صاحب کے لڑکے رضی کی بیٹھک میں روشنی دیکھی تھی۔ لیکن اس وقت اُسے یہ سوچنے کی فرصت نہیں تھی کہ رات کے گیارہ بجے مولوی صاحب کا لڑکا رضی کیوں جاگ رہا ہے؟

وہ لمبے لمبے ڈگ بھرتا ہوا ٹھیکیدار کے گھر کی طرف جا رہا تھا۔ پچھلے سوا مہینے سے قریب روزانہ وہ رات کو ساڑھے دس گیارہ بجے کے بعد گھر سے نکلتا تھا اور تین چار بجے رات کو گھر میں گھستا تھا۔ اس دوران میں اوّل تو اماں جاگتی ہی نہیں تھیں۔ اگر جاگ بھی جاتیں

تو وہ صرف آوازیں دے دے کر رہ جاتی تھیں۔ ممکن ہے وہ سب کچھ سمجھتی ہوں اور جان بوجھ کر انہوں نے چپ سادھ رکھی ہو۔ عموماً جوان اولاد کے سامنے بوڑھے ماں باپ خود کو بے بس اور لاچار محسوس کرنے لگتے ہیں۔ ممکن ہے اماں بھی اسی احساس کا شکار ہوں اور وہ جان بوجھ کر بھی خاموش ہی رہتی ہوں......

ٹھیکیدار کی دو منزلہ بلڈنگ کے نیچے کریم رک گیا۔ اُس نے پہلے احتیاطاً بالائی منزل کے دریچے دیکھے۔ لیکن وہاں کوئی نہیں تھا تب وہ پہلی منزل کی چار سیڑھیاں طے کرکے دروازے کے نزدیک پہنچ گیا۔ اُس نے بڑی آہستگی سے دروازے پر دستک دی۔

دوسرے ہی لمحے آہستگی کے ساتھ دروازہ کھل گیا۔ غالباً سلمٰی اس کا انتظار ہی کر رہی تھی۔ کریم ایک مدہوش سی مسکراہٹ کے ساتھ اندر داخل ہو گیا۔

یہ بڑا سا ہال کمرہ تھا جس میں مرکری ٹیوب روشن تھا اور چھت میں سیلنگ فین لٹکا ہوا تیزی کے ساتھ گھوم رہا تھا۔ اصل میں ٹھیکیدار نچلے حصے کو کارخانے اور دفتر کے طور پر استعمال کرتے تھے۔ اندرونی صحن اور دالان، کمرے وغیرہ کارخانے کے کام کے لئے وقف تھے۔ اور یہ ہال کمرہ دفتر کے طور پر استعمال ہوتا تھا۔ اس میں ایک طرف بید کی کرسی پڑی ہوئی تھی جس پر بیٹھ کر ٹھیکیدار حساب کتاب دیکھا کرتے تھے۔ دن میں اس بید کی کرسی کے سامنے کریم کو خادموں کی مانند کھڑا ہونا پڑتا تھا۔ لیکن کبھی کبھی وہ دن کی خادمی سے انتقام لینے کے لئے اُس کرسی پر بیٹھ جاتا تھا۔ اور اس وقت اُسے ایک عجب

سی لذت کا احساس ہوتا تھا۔

ہال کمرے میں ایک چھوٹا سا الگ کمرہ بھی تھا جس میں کبھی کبھی دوپہر کو ٹھیکیدار آرام کر لیا کرتے تھے اور نہیں کپڑے وغیرہ تبدیل کرتے تھے۔

اصل میں پچھلے ایک مہینے سے برسات شروع ہوگئی تھی۔ لہٰذا سلمیٰ کو ہال کمرے میں لیٹنے اور سٹڈی کرنے کا جواز مل گیا تھا۔ اس لئے وہ تمام رات ہال کمرے کے برابر والے کمرے میں سوتی تھی ٹھیکیدار اور ٹھیکیدارنی کو یہ علم تھا کہ ان کی بیٹی رات تک سٹڈی کرتی ہے۔ اس کے بعد اس چھوٹے کمرے میں سو جاتی ہے اور وہ مطمئن تھے۔

کمرے میں داخل ہوتے ہی سلمیٰ ہنس کر بولی۔

"حضرت، اب میں ایک ہفتے کے بعد چلی جاؤنگی"۔

"ایں......!!" کریم چونک پڑا۔

جیسے مسرت کا ایک طلسم ایک دم ٹوٹ گیا ہو۔ پچھلے سوا مہینے سے وہ سلمیٰ کے ساتھ اس قدر کھو گیا تھا کہ اس نے یہ سوچا ہی نہ تھا کہ سلمیٰ یہاں صرف تین مہینے کے لئے ہی آئی ہے۔ وہ تو ایک طلسم میں کھو یا رہا تھا لیکن اس وقت جب سلمیٰ نے اسے بتایا تو اس کا دل جیسے دھک سے ڈر کر رہ گیا۔ وہ خاموشی سے سلمیٰ کو تکتا رہ گیا سلمیٰ نے دھیرے سے ہنستے ہوئے پوچھا۔

"ارے تیرا منہ کیوں اتر گیا......؟"

کریم نے ٹھنڈی سانس لی اور دھیرے سے بولا۔

"کیا تم سچ مچ چلی جاؤ گی....؟"

"ارے واہ۔ کیسے پاگلوں کی سی باتیں کر رہا ہے؟ کیا جانتا نہیں ہے کہ میں یہاں صرف تین مہینے کی چھٹیاں گزارنے آئی تھی اور میں اپنی نانی کے یہاں رہتی ہوں۔"

"اپنے ماں باپ کے یہاں تم کیوں نہیں رہ جاتیں؟"

"ششش....." سلمیٰ نے ہنس کر کہا "میں بچپن سے وہیں رہتی ہوں۔ بھلا یہاں کیسے رہ سکتی ہوں؟ پھر وہاں تو نانی اکیلی رہتی ہیں صرف میں اور نانی رہتے ہیں۔ ہر قسم کی آزادی ہے، نانی مجھ سے بہت پیار کرتی ہیں، میری ہر ضد پوری کرتی ہیں۔ میں اپنی مرضی سے جہاں چاہتی ہوں، جاتی ہوں۔ ہفتے میں دو چار پکچر دیکھنے جاتی ہوں۔ پھر نانی نے اپنے دو بڑے بڑے مکان میرے نام کر دیئے ہیں..... میری شادی بھی وہ خود ہی کرنے کو کہتی ہیں..... دو ایک جگہ بات چل بھی رہی ہے۔ ایک بڑے ٹھیکیدار کے لڑکے سے اور ایک پولس انسپکٹر کے لڑکے سے جو وکالت پڑھ رہا ہے......"

سلمیٰ بتاتی رہی اور کریم جیسے سناٹے میں ڈوبا بیٹھا رہا۔ سلمیٰ اتنے بڑے آدمی کی لڑکی ہے۔ سلمیٰ اپنی نانی کی چہیتی ہے۔ ہفتے میں دو بار پکچر دیکھنے جاتی ہے۔ اپنی مرضی سے ہر جگہ آتی جاتی ہے اور وہ خود کیا ہے؟ ایک معمولی سا کاریگر.....؟ جسے صرف ڈیڑھ روپیہ روزانہ مزدوری ملتی ہے۔

سلمیٰ نے اسے خاموش دیکھ کر پوچھا۔

"ارے۔ تو کیا سوچنے لگا......؟"

"اوں...... " کریم نے چونک کر کہا۔ "یہی کہ تمہاری شادی کسی وکیل یا ٹھیکیدار کے ساتھ ہو گی"۔

"اور کیا تیرے ساتھ ہو گی......" سلمیٰ نے ہنس کر کہا۔

کریم کے دل پر ایک چوٹ سی لگی۔ اسے ایسا جیسے اس کا دل بیٹھا جا رہا ہو۔ جیسے سلمیٰ نے اس کے منہ پر تھوک دیا ہو...... وہ سناٹے کے عالم میں بیٹھا رہا۔ سلمیٰ نے پھر کہا۔

"ارے۔ تو سوگ میں کیوں ڈوب گیا؟"

"کچھ نہیں۔ تم چلی جو جاؤ گی"۔ کریم نے ٹھنڈی سانس لی۔

"تو کیا ہوا......؟"

"تم یاد جو آؤ گی......" کریم کی آنکھیں بھر آئیں۔

"ارے واہ......" سلمیٰ نے مسکرا کر کہا۔ "تو ایسے رونے لگا جیسے فلم کا ہیرو رو تا ہے"۔

کریم کچھ نہ بولا۔ فلم کے ہیرو کی مثال پر ہنسی آ گئی تھی۔ لیکن وہ ہنسنا نہیں چاہتا تھا۔ سلمیٰ نے مسکرا کر کہا۔

"ارے میں چلی جاؤں تو کسی دوسری سے دل بہلا لیجو"۔

"دوسری سے......؟" کریم نے حیرت سے سلمیٰ کی طرف دیکھا

"کیوں......؟ کیا کوئی اور لڑکی تیری واقف نہیں؟"

"نہیں تو......!"

"ہشت...... کیوں بناتا ہے"۔ سلمیٰ نے ہنس کر کہا۔

سلمیٰ کی بات کریم کی سمجھ میں نہ آ سکی۔ لیکن کریم نے اتنا ضرور سوچا۔ کیا اس طرح صرف دل بہلایا جاتا ہے؟ اگر یہ دل بہلانے کا

ہی ذریعہ ہے اور سلمیٰ سمجھتی ہے کہ کوئی دوسری لڑکی بھی اس کے دل بہلانے کے لئے ہوگی تو اس کا مطلب یہ ہوا کہ سلمیٰ کا بھی کوئی دوسرا دوست ہوگا۔ جس سے وہ دل بہلاتی ہوگی ......

پتہ نہیں کیوں یہ سوچ سوچ کر کریم کا دل کڑھنے لگا۔ اسے ان "دوسروں" پر تاؤ آنے لگا۔ اور ساتھ ہی اسے سلمیٰ پر بھی تاؤ آنے لگا۔ اچانک سلمیٰ نے پوچھا۔

"ارے یہ کیا اب یہیں بیٹھے بیٹھے واپس چلا جائے گا؟"

"اوں ....." کریم چونک پڑا۔

"اب میں تو ایک ہفتے کے بعد چلی ہی جاؤں گی"۔ سلمیٰ نے انگڑائی لے کر مسکراتے ہوئے کہا۔ "مگر تو ابھی سے کیوں مرا جارہا ہے ابھی تو سات دن پڑے ہیں۔ سات دن سات راتیں۔ کریم نے سوچا۔ ابھی تو سات راتیں ہیں۔ ابھی سات راتیں کس نے دیکھی ہیں؟ وہ کیوں سوچ وچار میں وقت خراب کرتا ہے ....؟ اور یہ سوچتے ہی اس کے جسم کے اندر تناؤ پیدا ہونے لگا اور آنکھوں میں سے آگ سی نکلنے لگی۔ وہ اٹھا اور سلمیٰ کو گھسیٹتا ہوا چھوٹے کمرے میں لے گیا۔

اور قریباً تین بجے وہ دونوں اس قدر نڈھال ہو گئے۔ جیسے ان لوگوں نے چھ بوتلیں تیز قسم کی شراب کی ایک ہی نشست میں چڑھائی ہوں۔

پھر اس نے سلمیٰ کی آواز سنی۔

"اب تو چلا جا کریم۔ تین بج گئے ہیں"۔

"اچھا جا رہا ہوں"۔ کریم نے جھومتے ہوئے جواب دیا۔

پھر وہ چلا گیا۔ لیکن اسی بستر پر نیند کے آغوش میں چلا گیا......
سپنوں میں اُس نے سلمٰی کی شبیہہ میں کئی سلماؤں کو رنگ برنگے کپڑوں میں ملبوس اپنے سامنے رقص کرتے دیکھا اور وہ مسکراتا رہا۔ ایسا ایک منظر اس نے کسی فلم میں دیکھا تھا۔ ایک شہزادے کے سامنے پریاں رقص کرتی ہیں۔ اُس وقت وہ خود کو شہزادہ ہی سمجھ رہا تھا۔ وہ تخت پر بیٹھا تھا اور پریاں رقص کر رہی تھیں.... شبیہہ بدمعاش وزیر کی صورت میں بدل گئی۔ اور اُس پر ایک بہادر سپہ سالار نے تلوار سے وار کر دیا........

کریم بلبلا کر جاگ پڑا۔ اور ہکا بکا سا ٹھیکیدار کی صورت دیکھتا رہ گیا۔ دوسری بار وہ نیم کی ہری سی ڈنڈی اس کی کنپٹی پر پڑی اور وہ بلبلا کر چیخ پڑا۔ پھر ٹھیکیدار نے اُسے بالوں سے پکڑ کر بستر سے نیچے گھسیٹ لیا اور شائیں شائیں دس بار ڈنڈیاں اُڑاتے ہوئے غرائے......

"حرامی...... سُور کے بچے......"

کریم یہ بھی نہ سمجھ سکا کہ وہ اچھا خاصا ایک پری کے پہلو میں سو یا تھا۔ آنکھ کھلنے پر یہ جہنم کیسے بن گیا؟ وہ تو ان چوٹوں کی تکلیف سے بیتاب ہو رہا تھا جن کے نشانات جسم کے کئی حصّوں پر موجود تھے اُس کو یہ بھی علم نہیں تھا کہ یہ وہی ہال کرہ ہے۔ جس میں وہ بڑی احتیاط سے داخل ہوا تھا، اور ہال کمرے کے ایک گوشے میں ٹھیکیدارنی سلمٰی کو کلیجے سے لگائے کھڑی ہوئی ہیں اور سلمٰی مظلومیت کی تصویر بنی ہوئی سسک سسک کر رو رہی ہے۔

۴۲

نہ تو صرف پٹ رہا تھا اور بچنے کی کوشش کرتا ہوا کہہ رہا تھا۔

"ارے ارے ٹھیکیدار۔ میری بات تو سن لو...... اُف......
ہائے مرا...... ارے میری بات...... ارے اماں مار ڈالا......
ہائے...... اُف۔ آہ......"

"بات سنائے گا...... سنا بات......" ٹھیکیدار کا ہاتھ اور تیزی سے چلنے لگا......

"ٹھیکیدار...... سلمیٰ بی نے...... خود ہی......"

لیکن جملہ ختم ہونے سے قبل ہی اس کے دانتوں سے خون بہنے لگا۔ اور ایک لمحے کے لئے اُسے چکر آ گیا۔

سلمیٰ تڑپ کر روتی ہوئی کہہ رہی تھی۔

"سور کا بچہ...... اوپر سے جھوٹا الزام لگاتا ہے۔ مجھے معلوم ہوتا کہ تو بھیڑیا ہوگا تو کبھی دروازہ نہ کھولتی۔ میں سمجھی تھی ٹھیکیدار سے پیسے مانگنے آیا ہے۔ شام کو بتا رہا تھا کہ اس کی ماں بہت بیمار ہے حرام خور کہیں کا...... ہاتھی کا ہاتھی تو ہے۔ اتنی زور سے میری گردن دبائی...... اگر میں مر جاتی......؟"

"خدا نہ کرے...... میری بچی......" ٹھیکیدارنی نے سلمیٰ کو زور سے لپٹا لیا۔ کیڑے پڑیں اس حرامی کے بچے کے ہاتھوں میں۔ خدا غارت کرے شیطان کے پلے کو...... سور کی تھوتھڑی...... میں تو اس کے لچھن پہلے ہی بھانپ گئی تھی۔ بار بار گھر میں آنا...... بن سنور کر چھیلا بن کر رہنا...... پہلے نہ ٹھیکیدار کا اتنا ہمدرد ہو گیا تھا کہ ہر وقت ٹھیکیدار سے کام پوچھا کرتا یا پہلے اتنا صاف ستھرا نہ رہتا تھا کہ

جتنا اب رہنے لگا تھا..... کیا کلجگ آگیا ہے..... قیامت تو دیکھو۔ آج کل کے یہ ندیدے چھوکرے...... جوان بیٹیوں کو تو ڈالی کا پکا امرود سمجھتے ہیں۔ نظر بچے اور اُڑا لے جائیں...... میری نازک سی بچی..... بھلا حرامی بچے نے گردن مروڑ دی تھی...... ارے کیڑے پڑیں تیرے ہاتھوں میں۔"

ٹھیکیدارنی بنکارتی رہی اور ٹھیکیدار کریم کو پیٹتا رہا۔ کریم کے جسم کا کوئی حصہ ہی ایسا رہ گیا ہوگا۔ جس پر سوجن نہ آگئی ہو۔ پھر جب اُسے ٹھیکیدار نے ہال کمرے سے نکال کر تین سیڑھیوں کی کرسی سے نیچے دھکیلا! تو اس کے سر میں بھی چوٹ آگئی اور نماز فجر کے لئے گزرتے ہوئے کچھ لوگ رُک گئے۔

"کیا ہوا ٹھیکیدار صاحب؟" ایک نے پوچھا۔

"ارے...... یہ تو کریم ہے" دوسرے نے کہا۔

"یہ تو آپ کے کارخانے میں ہی کام کرتا ہے"۔ تیسرا بولا۔

"جی ہاں..... یہ نمک حرام میرے کارخانے میں کام کرتا ہے۔ اور میرے ہی گھر میں چوری کرنے آیا تھا"۔

"چوری کرے..... توبہ توبہ....." ایک نمازی اپنا منہ پیٹنے لگے۔

"میں چوری کرنے آیا تھا" کریم تڑپ کر کھڑا ہوگیا۔

"ابے حرامی۔ پھر منہ زوری کرتا ہے"۔ ٹھیکیدار نے اُتر کر دو چار چانٹے اور جڑ دیئے۔

اب کریم کی چوٹیں سُن ہو چکی تھیں۔ لہٰذا اُسے چانٹوں کی پروا

نہ تھی۔ وہ رو رو کر چیخنے لگا۔

"میں چوری کرنے آیا تھا یا تمہاری لونڈیا نے بلایا تھا۔"

"غضب خدا کا......" ایک نمازی بولے۔ "کیسا منہ زور چور ہے۔ ایک تو نمک حرامی پھر الزام تراشی...... اور وہ بھی اپنے مالک پر......"

"اسے پولیس کے حوالے کر دیجئے ٹھیکیدار صاحب۔"

"اگر اس بار اس کے منہ سے کوئی بیہودہ بات نکلی تو سچ مچ اسے جیل میں سڑوا دوں گا۔" ٹھیکیدار ہانپتے ہوئے بولے۔

کریم کی زبان کو جیسے بریک لگ گیا۔ وہ سسک رہا تھا۔ لیکن وہ پولیس کے نام سے ڈرتا تھا کیونکہ کبھی اس کا واسطہ پولیس سے نہیں پڑا تھا۔ لیکن وہ جانتا تھا کہ پولیس کتنی ظالم ہوتی ہے۔ اس نے اکثر چوروں پر پولیس کے مظالم کی داستانیں سنی تھیں کہ کیسے چوروں سے چوریاں قبول کرانے کے لئے یہ لوگ چور کے ٹخنے توڑ دیتے ہیں۔ کریم جھرجھری لے کر رہ گیا۔

ایک نمازی نے کہا۔

"جانے دیجئے ٹھیکیدار صاحب! غریب آدمی کبھی ضرورت سے مجبور ہو کر کبھی ایسی حرکت کر گذرتا ہے۔"

"جی ہاں۔ مجھے خود خیال آتا ہے کہ پھر کبھی یہ میرے ہاں کام کر چکا ہے۔ اس کے لئے اتنی ہی سزا کافی ہے۔ اور سُن لے بے کان کھول کر۔ آج کے بعد سے اگر تو نے اس گلی میں قدم بھی رکھا تو تیرے ٹخنے تڑوا دوں گا...... چل بھاگ جا یہاں سے......"

۴۵

کریم نے خیریت اسی میں سمجھی۔ وہ منہ صاف کرتا ہوا اچھل پڑا۔ ایسے وہ سوچ رہا تھا کہ یہ حرکت اُس نے اپنی ضرورت سے مجبور ہوکر کی تھی یا سلمیٰ نے اپنی ضرورت سے مجبور ہوکر اسے دعوت دی تھی....؟ جوان وہ بھی تھا۔ جوان سلمیٰ بھی تھی۔ وہ جوانی کی ان خمار آلود لذتوں سے ناآشنا تھا۔ سلمیٰ ایک نازو نعم کی پلی ہوئی چھبیتی بیٹی تھی جو اپنی مرضی سے پکچر جاتی تھی اور نانی کے ساتھ اکیلی رہتی تھی اور جو سکول میں پڑھتی تھی اور جو کہتی تھی کہ دل بہلانے کے لئے یہ کھیل کھیلا جاتا ہے یہ کھیل۔! کریم کے تصور میں سلمیٰ کا سنگِ مرمر جیسا تراشا ہوا جسم ابھر آیا اور اس کے دل میں اس قسم کی ہوک اُٹھی، جیسے وہ اپنی کوئی سب سے عزیز شے ہمیشہ کے لئے کھو کر آرہا ہو۔ اور دوسرے ہی لمحے اس کی زبان کی نوک پر گالیاں مچل اُٹھیں۔

پھر وہ سلمیٰ سے انتقام کے طریقے سوچنے لگا۔ "کم بخت کے چہرے پر تیزاب پھینک دوں گا...... یا ناک کاٹ لوں گا اور چوٹی کاٹ لی جائے" لیکن یہ سب خیالات ایسے ہی تھے جیسے چوہا بلی کے گلے میں گھنٹی باندھنے کے منصوبے بنائے۔

پانچ

کریم گھر پہنچا تو اماں نے اس کی حالت دیکھ کر دھاڑ ماری۔

"ارے یہ تجھے کیا ہو گیا۔؟"

"کچھ نہیں اماں" کریم گردن جھٹک کر بولا۔ "یہ سب تیری بیٹی کی وجہ سے ہوا ہے۔"

جمیلہ کے کان کھڑے ہو گئے۔ لیکن وہ نگاہیں جھکائے ہوئے چائے بنانے میں مصروف رہی...... اس کے چہرے کے تاثرات اس کے دل کے چور کو واضح کر رہے تھے۔ کریم نے کن انکھیوں سے جمیلہ کی طرف دیکھا اور تیر نشانے پر بیٹھتے دیکھ کر ذرا اور جوش سے بولا۔

"اور کیا..... وہ حرامی شرف الدین پھر چکر لگانے لگا ہے۔ رات کو سیٹی بجا کر گھوم رہا تھا، میری آنکھ کھل گئی..... سالے کے پیچھے دوڑ گیا۔ لیکن وہ حرامی مع غنڈوں کے آیا تھا۔ لیکن میں بھی کسی سے کم تھوڑے ہی ہوں۔ وہ مار بجائی ہے کہ بچہ کو چھٹی کا دودھ یاد آگیا ہو گا..... لفنگا کہیں کا۔ پرائی بہن بیٹیوں کو بہکاتا اور ورغلاتا ہے۔ شرم نہیں آتی۔"

اماں ہاتھ اٹھا کر شرف الدین کی سات آنے والی پشتوں کو کوسنے بیٹھیں۔ لیکن کریم خاموشی سے ہاتھ منہ صاف کرتا رہا۔ جمیلہ کے چہرے پر جیسے زردی سی پھیلی ہوئی تھی لیکن وہ کچھ بول نہ رہی تھی...... کریم نے چائے پی..... اور لیٹ گیا۔ اماں نے پوچھا۔

"آج کام پر نہیں جائے گا؟"

"اماں - آج بخار سا لگ رہا ہے.... طبیعت ٹھیک نہیں۔ کل چلا جاؤں گا۔"

اماں اس انداز میں چپ رہ گئیں۔ جیسے انہیں کریم کا کام پر نہ جانا گوارا نہ ہو۔ لیکن کریم کی ایسی حالت دیکھ کر وہ کچھ کہہ بھی نہ سکتی ہوں...... کریم کروٹیں بدلتا رہا۔

لیکن اسے چین نہ پڑا۔ ہر تھوڑی دیر کے بعد اس کے تصور میں سلمیٰ کا جسم اُبھر آتا اور ساتھ ہی غصہ کا ایک طوفان بھی پیدا ہو جاتا اور وہ سلمیٰ سے انتقام لینے کے منصوبے بنانے لگتا۔ ایک بار تو اس نے یہاں تک سوچ لیا کہ وہ سلمیٰ کو قتل کر ڈالے گا...... اور اُسے صرف یہ سوچنے سے ہی بڑا سکون ملا۔

بے چینی سے کروٹیں بدلتے بدلتے وہ اٹھ بیٹھا اور دروازے پر چلا آیا۔ پھر اندر چلا گیا۔ پھر دروازے پر چلا آیا۔ اس وقت اس کا ذہن بالکل خالی خالی سا تھا، اور کوئی کام بھی اپنی مرضی سے نہیں کر رہا تھا۔ صرف اضطراری کیفیت تھی جو اُسے کبھی باہر لاتی تھی، کبھی اندر لے جاتی تھی۔

چوتھی بار جب وہ باہر نکلا تو اُسے اپنے سامنے کے مکان کی بیٹھک کے دروازے میں رضی کھڑا ہوا نظر آیا، اور اُسے خواہ مخواہ رضی پر غصہ آگیا۔ اس کے ذہن میں ایک طوفان سا اُتر پڑا۔ وہ ساری مظلومیت جو اُسے ٹھیکیدار کے سلسلے میں ملی تھی ایک ساتھ ظلم بن کر عود کر آئی۔ کیونکہ وہ ٹھیکیدار کے مقابلے میں ہر اعتبار سے کمزور تھا رضی کے مقابلے میں وہ طاقتور بھی تھا اور مولوی صاحب سیدھے سادے

انسان بھی تھے۔ یہ بات اس کے ذہن کے تاریک گوشوں میں محفوظ تھی۔ چنانچہ اُس نے رضی کو دروازے پر دیکھ کر ہی سانپ کی طرح پھنکار کر کہا۔

"کیوں بے او مولوی کے بچے۔ کیا تیری موت آئی ہے؟"

"جی ...... جی۔ مگر کیا ہوا کریم بھائی...... ؟" رضی بوکھلا گیا

"کریم بھائی کے بچے۔" کریم نے اُسے گریبان سے پکڑ کر بیچ کھینچ لیا ...... "حرامی۔ محلے میں رہ کر آوارگی کرتا ہے۔ شرم نہیں آتی۔"

ساتھ ہی اس نے دو چار ہاتھ بھی جڑ دیئے۔ رضی ہانپتا ہوا بولا۔

"دو...... دیکھئے ...... زبان سنبھال کر...... بات کیجئے ...... شش...... شریف آدمیوں سے اس طرح ..... جب بات کی جاتی ہے۔ گریبان چھوڑیئے۔"

اتنے میں کچھ اردگرد کے لوگ بھی جمع ہو گئے کچھ لوگوں نے درمیان میں پڑنے کی کوشش کی لیکن کریم پر تو بھوت سوار تھا۔ اس نے گریبان جھنجھوڑتے ہوئے کہا۔

"ابے الو کے پٹھے شریف بنتا ہے؟ جس محلے میں رہتا ہے اُسی محلے کی پرائی بیٹیوں پر نظر رکھتا ہے اور شریف بنتا ہے۔ تیری شرافت کی پولیں کھولنا شروع کر دوں تو یہ شریف محلے والے ہی تجھے دھکے دے کر نکال دیں گے۔ شریف بنتا ہے مسجد کے لئے لی گئی رقمیں عیش میں استعمال کرتا ہے۔ کھالیں بیچ کر کھا جاتا ہے۔ صفوں کے لئے دس بار چندہ ہو چکا ہے اور اب تک ایک ہی صف آئی ہے۔ ہر عید

بقرعید کو یاد رکھنا کر مسجد کی قلعی کے لئے چندہ مانگتا ہے۔ لیکن اب تک قلعی نہیں ہو پائی.........اور پھر.......پرائی بہو بیٹیوں پر بُری نگاہ ڈالتا ہے۔ اوپر سے شریف بنتا ہے۔"

رضی ہکلا تا ہی رہ گیا۔ بے عزتی کے احساس سے اس کا چہرہ سُرخ ہو گیا تھا اور ہوائیاں اُڑنے لگی تھیں۔ ہنگامہ سُن کر رضی کے گھر سے مولوی صاحب نکل آئے تھے اور کریم کے دروازے پر اس کی اماں آگئی تھیں جو چیخ چیخ کر کریم کو گھر میں پکار رہی تھیں لیکن کریم کو کچھ ہوش نہ تھا۔

مولوی صاحب نے کریم کے آگے ہاتھ جوڑے اور لوگ درمیان میں پڑے تو کریم نے احساسِ فتح کے نشے سے چُور لہجہ میں کہا۔

"چھوڑ دوں گا لیکن ایک شرط پر۔ آج ہی شام کو یہ لوگ اس مکان سے چلے جائیں۔ میں شریفوں کے ساتھ شریف ہوں۔ محلے کا کوئی فرد نہیں بتا سکتا کہ کبھی کسی سے لڑا ہوں۔ لیکن اگر ہمارے گھر کی عزت پر کوئی نظر ڈالے گا تو میں.........اس کی آنکھیں نکال لوں گا.........کمینہ پن پر اُتر آیا تو ساری شرافت خاک میں ملا کر رکھ دونگا۔"

"ہاں بھئی ہاں۔ یہ تو ٹھیک ہے۔" ایک بزرگ بولے "کبھی کریم میاں کو کسی سے لڑتے نہیں دیکھا گیا۔"

"بھئی بچپن سے ہم کریم میاں کو دیکھ رہے ہیں کبھی کسی غلط سوسائٹی میں نہیں دیکھا۔"

کریم کا سینہ فخر سے پھول گیا۔ پھر رضی پر لعن طعن پڑنے لگیں

اور مولوی صاحب نے ہاتھ جوڑ کر کہا۔
"آپ لوگ اطمینان رکھیئے۔ میں آج ہی یہاں سے رضی کو لے کر دوسرے محلے میں چلا جاؤں گا۔ اپنی بہن کے مکان میں چلا جاؤنگا میں رضی کی طرف سے معافی چاہتا ہوں، ہاتھ جوڑتا ہوں۔"
کریم نے رضی کو چھوڑ دیا۔ پھر محلے والوں کو رضی پر لعنت ملامت کرتے چھوڑ کر ایک فاتح ہیرو کی طرح دروازے میں داخل ہو گیا۔
اماں اس کے پیچھے گھر میں چلی گئیں۔ جمیلہ سہمی ہوئی سی آنگن میں جھاڑو دے رہی تھی۔ اس کا چہرہ تاریک ہو رہا تھا۔ اماں مسلسل پوچھ رہی تھیں کہ کیا ہوا؟ یہ ہنگامہ کیوں برپا ہوا؟
"ہوتا کیا؟" کریم گردن جھٹکا کر ایک بڑے بھائی کی شان سے بولا "تمہاری اس شریف بیٹی نے میری زندگی دوبھر کر دی ہے رات کو شرف الدین سے نبٹا تھا۔ اس وقت وہ رضی صاحب تاک جھانک کر رہے تھے۔ پہلے بھی کئی دفعہ دیکھ چکا ہوں۔ اس کو رضی کی بیٹھک سے نکلتے ہوئے......"
اماں سناٹے میں خاموش رہ گئیں لیکن انداز ایسا ہی تھا جیسے وہ اس امر سے واقف ہوں۔ لیکن مجبور رہوں۔ جمیلہ گردن جھکائے جھاڑو دے رہی تھی اور اس وقت جمیلہ کی پول کھولتے ہوئے کریم کو اتنا ہی سرور مل رہا تھا۔ جتنا دکھ اسے سلمیٰ کے ساتھ پکڑے جانے کا ہوا تھا۔ کریم کہہ رہا تھا "اگر محلے والے درمیان میں نہ پڑ جاتے تو بچہ جی کو مار ہی ڈالتا۔ پولیس کے حوالے کر دیتا۔ بخشے نہ دیتا آج ہی وہ اس محلے سے چلا جائے گا۔ میں نے کہہ دیا ہے، نہ گیا تو مار ہی

۵۱

ڈالوں گا"۔

کریم نے کن انکھیوں سے جمیلہ کا چہرہ دیکھا جو دھواں دھواں سا ہو رہا تھا اور اس وقت کریم کو جمیلہ ایک بہن نہیں بلکہ ایک ایسی عورت معلوم ہو رہی تھی جس سے اس کا محبوب چھین لیا گیا ہو اور وہ دل میں سرور انگیز لہریں سی محسوس کر رہا تھا۔

اماں نے ٹھنڈی سانس لے کر کہا۔

"اب پانی سر سے گزر چکا ہے۔ اب تو جلدی سے کوئی لڑکا تلاش کر کے اس کے ہاتھ پیلے کر دے...... ورنہ کسی دن سر پکڑ کر رونا پڑے گا"۔

ہاتھ پیلے کرانے کے لئے روپوں کی ضرورت تھی۔ کریم کو خیال آگیا کہ اس کا کام چھوٹ گیا ہے اور اسے ابھی کام تلاش کرنا ہے۔ اور ایک دم اس کے تصور میں سلمیٰ کا ہاتھی دانت کی مانند چمکیلا سفید خوبصورت جسم ابھر آیا اور ساتھ ہی ایسی بے چینی سی محسوس ہوئی جیسے دل نیچے بیٹھا جا رہا ہو۔ جیسے وہ کسی ایسے بند کمرے میں آگیا ہو جہاں اسے سانس لینے میں بھی دشواری ہو رہی ہو۔

اور وہ بے چینی کے عالم میں اٹھ کر گھر سے نکل آیا۔ تمام دن وہ ادھر ادھر خواہ مخواہ ٹھوکریں مارتا پھرا، اور سلمیٰ سے انتقام لینے کے طریقے سوچتا رہا۔ سلمیٰ کا ہاتھی دانت کی طرح چمکیلا جسم یاد کرتا رہا اور وہ راتیں یاد کرتا رہا جو سلمیٰ کے ساتھ گذاری تھیں۔ وہ ان راتوں کو بہت غور سے سوچتا تھا اور اسے ایسا لگتا تھا، جیسے وہ سب ایک خواب کی مانند گزر گیا ہو۔

اُس نے ٹھیکیدار کی گلی کے سامنے کئی چکر لگائے تھے لیکن گلی میں گھسنے کی ہمت نہ پڑی تھی۔ کیونکہ وہ پولیس سے گھٹنے تڑوانے کے لئے تیار نہ تھا۔

دن ڈھلے اس کی بے چینی بہت زیادہ بڑھ گئی۔ اس کا دل خود بخود ٹھیکیدار کی بلڈنگ کی طرف کھنچنے لگا۔ بار بار وہ ٹھیکیدار کی گلی تک جاتا اور واپس چلا آتا۔ رات کو قریباً آٹھ بجے اُسے ٹھیکیدار کے کارخانے میں کام کرنے والا ایک جڑیا کاریگر مل گیا۔ اس کا نام فاروق تھا اور وہ کریم سے زیادہ آمدنی کرتا تھا۔ کارخانوں میں جڑیوں اور مستریوں کی آمدنی اور کاریگروں کے مقابلہ میں زیادہ ہوتی ہے۔

فاروق اُسے گلی کے نکڑ پر ملا تھا۔ اس نے کہا۔

"السلام و علیکم فاروق بھائی..."

"وعلیکم السلام..." فاروق نے غور سے کریم کا چہرہ دیکھتے ہوئے کہا۔ "کچھ پریشان معلوم ہوتے ہو..."

"کچھ نہیں۔ یونہی بس"۔ کریم نے ٹھنڈی سانس لی۔

حالانکہ وہ چاہتا تھا کہ فاروق اُس سے تفصیل سے پوچھے اور وہ تفصیل سے بتلائے۔ اس کا دل زور زور سے اُچھلنے لگا تھا۔ حالانکہ فاروق سے اس کی کوئی دوستی نہ تھی۔ فاروق اُس سے عمر میں دو تین برس بڑا ہو گا۔ فاروق کا رنگ کالا تھا۔ چہرے پر چیچک کے گہرے گہرے داغ تھے۔ بال چھدرے چھدرے تھے۔ لیکن فاروق شام کو جب کام کے بعد گھر سے نکلا کرتا تھا تو بہت بن

سنور کر نکلتا تھا۔ ریشمی کمر بند لٹکتا ہوا اس کا مخصوص انداز تھا۔ فاروق نے کریم سے کہا۔

"آؤ۔ ذرا چائے ہی پی لیں۔"

کریم چپ چاپ اُس کے ساتھ ہو لیا۔ حالانکہ اس کی زبان میں کھجلی ہو رہی تھی اور دل چاہ رہا تھا کہ جلدی سے وہ فاروق کے سامنے سب کچھ اُگل دے۔ فاروق اُسے لے کر گلی سے باہر آیا اور ایک ہوٹل میں بیٹھ کر لڑکے سے دو چائے لانے کو کہا۔ یہ ہوٹل اسی محلے کا واحد ہوٹل تھا جس میں شام کے بعد سے رات کو دس گیارہ بجے تک خوب رونق رہتی تھی۔ اس میں ایسے لوگ زیادہ تر بیٹھتے تھے جو تمام دن رکشا چلانے کے بعد شام کو تفریح کرتے تھے یا تمام دن کسی کارخانے میں محنت کرنے کے بعد شام کو دل بہلانے کے لئے ہوٹل میں بیٹھ جایا کرتے تھے۔ کریم اس سے قبل کبھی ہوٹل میں نہیں بیٹھا تھا۔ اس لئے اُسے ہوٹل کا ماحول کچھ اجنبی اجنبی سا لگ رہا تھا۔

جب چائے آگئی تو فاروق نے کہا۔

"آج تم کام پر بھی نہیں آئے۔"

"اب شاید کبھی نہ آؤں" کریم نے پرچ میں چائے انڈیلتے ہوئے کہا۔

اور پھر پھونکیں مار کر چائے ٹھنڈی کرنے لگا۔ فاروق نے کریم کے چہرے کا جائزہ لیا اور دھیرے سے بولا۔

"کیا یہ بات ٹھیک ہے کہ تم ٹھیکیدار کے یہاں چوری کرنے گئے تھے"

کریم کا دل ایک دم بیٹھتا ہوا سا لگا۔ اُس نے چہرے پر

۵۴

غصّہ پیدا کر کے کہا۔

"کون اُلّو کا پٹھا کہہ رہا تھا؟"

"پتہ نہیں۔ کارخانے میں یہی بات اُڑ رہی ہے۔ لوگ کہہ رہے ہیں کہ اِس لئے تم کام پر نہیں آئے۔ ٹھیکیدار نے تمہیں نکال دیا ہے۔"

وہ سالا کیا نکالے گا۔ میں خود اس کے کارخانے میں جا کر نہیں جھانکتا۔ ان سالوں کا خاندان ہی خراب ہے۔ فاروق بھائی ..... کبھی اس سے پہلے تم نے مجھے کسی بُری صحبت میں دیکھا ہے؟"

"یہ تو حقیقت ہے کہ نہیں دیکھا۔"

"فاروق بھائی اصل بات یہ تھی کہ ٹھیکیدار کی لڑکی مجھ سے پھنس گئی تھی۔ اس نے مجھ پر ڈورے ڈالے، چکنی چپڑی باتوں سے مجھے اپنا لیا۔

ایک روز ٹھیکیدار اور ٹھیکیدارنی نے مجھے اس کے ساتھ دیکھ لیا۔ موقع دیکھ کر ٹھیکیدار کی لڑکی بھی پینترا بدل گئی۔ الزام مجھ پر ہی دھرا ——!

"لیکن فاروق بھائی۔ مَیں نے بھی ٹھیکیدار سالے کو وہ کھری کھری سنائیں کہ بیٹا کو چھٹی کا دودھ یاد آگیا ہوگا۔ سارے محلے والوں کے سامنے پول کھول کر رکھ دی کہ اس کی لڑکی نے مجھے بلایا تھا....."

یہ سب کچھ کہنے سے کریم کو ایک وقتی لذّت اور مسرّت کا احساس ہو رہا تھا۔ فاروق نے ٹھنڈی سانس لے کر کہا۔

"کریم میاں۔ یہ سکول کی لڑکیاں ہوتی ہی کچھ ایسی ہیں۔ جہاں

اسکول میں دو چار جماعتیں پڑھیں اور ان کے پر نکل آئے۔ ٹھیکیدار کی لڑکی سلمیٰ۔ جب نئی نئی آئی تھی تو مجھ پر بھی ڈورے ڈال رہی تھی لیکن میں اُڑتی چڑیا کے پر پہچانتا ہوں۔ اس کی آنکھیں بتا رہی تھیں کہ یہ بیوفا نکلے گی۔ اس لئے تو میں نے اس کو لفٹ (لفٹ) ہی نہ دی۔"

"کیا بتاؤں فاروق بھائی"۔ کریم نے ٹھنڈی سانس لے کر کہا۔ "سلمیٰ کی بے وفائی دل میں زخم بنا گئی ہے۔ بس کچھ پوچھو نہیں۔ جب جب بھی اس کا وہ سفید سفید ملائی جیسا بدن یاد آجاتا ہے تو کلیجے پر سانپ لوٹ جاتے ہیں۔"

فاروق نے چائے ختم کرتے ہوئے کہا۔ "بیڑی پیو گے؟"

"لاؤ..... پی لوں گا"۔

"پان اور منگواتا ہوں۔ ٹھہرو"۔ فاروق نے کہا۔

پھر اُس نے لونڈے سے بیڑی کا بنڈل اور پان کے بیڑے منگوائے۔ دونوں نے پان کھایا اور بیڑی کے کش لینے لگے۔ کریم کو اپنے دل کا بوجھ ہلکا ہلکا سا لگ رہا تھا۔ فاروق نے کہا۔

"تم قطعی فکر نہ کرنا کریم میاں..... میں کل ہی تمہیں سرفراز خاں کے کارخانے میں پریسمین کی جگہ دلوا دوں گا۔ ساٹھ روپے ماہوار ملا کریں گے۔ ہفتے کے ہفتے حساب ہوا کرے گا"۔

"بڑی مہربانی ہوگی، فاروق بھائی"۔ کریم کے لہجے میں التجا تھی۔

"تم فکر نہ کرو۔ مجھے ایک تم جیسے یار کی ضرورت تھی۔ آج سے ہم دونوں گہرے یار۔ دکھ سکھ کے ساتھی۔ تم آج اُداس ہو۔ چلو، میں

تمہارا غم دُور کروں گا۔"

کریم کا دل خوشی سے پھول گیا۔ اتنا ہمدرد دوست ملا تھا۔ فاروق نے اٹھ کر پیسے دیئے اور کریم کے کندھے پر ہاتھ رکھ کر چل پڑا۔ راستے میں کریم نے کہا۔

"یار فاروق بھائی۔ میں اُس سے بدلہ ضرور لوں گا۔"

"جب چاہو لینا جی"۔ فاروق نے فراخ دلی سے کہا۔" تمہارا یار تمہارا ساتھی ہے۔ پسینہ گرے گا تو خون بہا دوں گا۔ اللہ کے فضل سے بڑے بڑے بدمعاش دھونستے ہیں فاروق دادا سے"۔

کریم کا سینہ فخر سے اس طرح پھول گیا۔ جیسے فاروق سچ مچ اس شہر کا سب سے بڑا دادا ہو اور وہ کریم کا یار ہو۔ . . . . کریم ذہن میں سلمیٰ سے انتقام کے طریقے سوچنے لگا۔ تھوڑی دُور چل کر کریم نے چونک کر کہا۔

"لیکن فاروق بھائی کہاں جا رہے ہو؟"

"بس چلے آؤ۔ تم بھی کیا یاد کرو گے کہ یار ملا تھا"۔

کریم چلتا رہا۔ اس وقت وقتی طور پر اس کے دل سے سلمیٰ کی بے وفائی کا غم اور غصہ نکل گیا تھا۔ وہ فاروق کو اپنا اتنا گہرا دوست سمجھ رہا تھا۔ جیسے آج تک فاروق سے بڑا دوست ہی اُسے نہ ملا ہو۔

فاروق اُسے لے کر ایک تاریک گلی میں پہنچ گیا۔ کریم کو معلوم تھا کہ اس گلی میں فاروق کا اپنا مکان ہے۔ فاروق کا خاندان کیا تھا؟ کہاں سے آیا تھا؟ کون تھا؟ یہ اسے کچھ نہیں معلوم تھا۔ بس اتنا جانتا تھا کہ فاروق اس مکان میں اکیلا ہی رہتا ہے۔

فاروق نے اپنے مکان کا تالا کھولا اور اندر داخل ہوتے ہوئے بولا۔

"چلے آؤ۔ میرا خیال ہے دس بجنے والے ہوں گے۔"

"ہاں دس ہی بجنے والے ہوں گے۔ جب ہم ہوٹل سے چلے تھو تو پونے دس بج رہے تھے۔" کریم نے اندر داخل ہوتے ہوئے جواب دیا

فاروق نے اندر گھس کر ہلکے سروں میں سیٹی بجائی۔ یہ مکان دوہرا تھا۔ اوپر ایک منزل اور تھی۔ فاروق کی سیٹی بجتے ہی کریم نے اوپر کے مکان کی کھڑکی میں ایک سایہ دیکھا۔ فاروق نے گردن سے اشارہ کیا اور کریم کا ہاتھ پکڑ کر اندر چلا گیا۔

کریم کا دل دھڑک رہا تھا۔ وہ لوگ دالان میں آئے۔ دالان میں ایک طرف پلنگ بچھا ہوا تھا۔ دوسری طرف ایک چوکی تھی۔ جس پر پتہ نہیں کیا کیا پڑا ہوا تھا۔ فاروق نے چوکی صاف کرتے ہوئے کریم سے کہا۔

"لو بیٹھو۔"

"فاروق بھائی" کریم نے تیز تیز سانسوں کے درمیان پوچھا۔ کیا معاملہ ہے؟"

"دیکھتے جاؤ۔" فاروق نے مسکرا کر دیا سلائی کھینچ کر لالٹین جلائی "تم بھی کیا یاد کروگے۔"

"آخر بتاؤ بھی؟" کریم نے اشتیاق سے پوچھا۔

"اے ون چیز ہے۔" فاروق بائیں آنکھ دبا کر بولا۔

"صرف اسی کے لئے میں نے یہ مکان کرائے پر لیا ہے۔ حالانکہ

اس سے پہلے جس مکان میں رہتا تھا وہاں صرف دس روپے ماہوار دینے پڑتے تھے۔ یہاں پچیس روپے دینے پڑتے ہیں۔ اوپر والی بوڑھیا ہی اس مکان کی مالک ہے۔ بیٹا مر گیا ہے۔ بہو لڑ کر میکے جا بیٹھی تھی۔ جوان پوتی ہے..... بھلا سا نام ہے اس کا..... رضیہ... عمر کوئی اکیس بائیس برس کی ہو گی۔ ابھی تک شادی نہیں ہوئی۔ میں بھی کرائے کے علاوہ پچیس تیس مزید خرچ کر دیتا ہوں اصل میں بیچاری بوڑھیا کی اس مکان کے علاوہ کوئی اور آمدنی ہے نہیں پچیس روپے ماہوار میں کیا خرچ چلے؟ جبکہ روپے کا دو سیر آٹا ملتا ہے۔ کریم بھائی یہ سالی مہنگائی آج کل کتنی بڑھ گئی ہے.....؟ پہلے بیڑی کا بنڈل چار پیسے کا آتا تھا اب دو آنے کا آتا ہے۔ ماچس تین پیسے اور دو پیسے کی تھی۔ اب ایک آنے کی ہے۔ آخر غریب لوگوں کا گزارہ ہو تو کیسے ہو.....؟ کریم میاں بعض اوقات بڑا دکھ ہونے لگتا ہے۔ یہ مہنگائی اور غریبوں کی حالت دیکھ کر.....“

فاروق بولتا رہا۔ کریم خاموش رہا۔ اصل میں اس کا خیال ایک بار پھر سلمیٰ کی طرف چلا گیا تھا اور اس کے تصور میں سلمیٰ کا ہاتھی دانت جیسا سفید جسم لہرا رہا تھا۔ اور دل کسی ایسے پنچھی کی مانند پھڑپھڑا رہا تھا، جسے اسی روز چمن سے پکڑ کر ایک چھوٹے سے پنجرے میں قید کر دیا گیا ہو۔

اتنے میں دروازے پر آہٹ ہوئی فاروق چونک کر بولا

”لو۔۔۔ وہ آ گئی۔“

کریم بھی چونک پڑا... اس کا دل زور زور سے دھڑکنے لگا

سلمیٰ کا خیال ایک دم دل سے نکل گیا- پھر اُس نے اُس لڑکی کو لالٹین کی روشنی میں دبے پاؤں گھر میں داخل ہوتے دیکھا- وہ دروازے کے قریب ٹھٹھک کر رُک گئی- غالباً وہ کریم کو دیکھ کر چونکی تھی- فاروق نے سرگوشی کی-

"آجاؤ...... کوئی غیر نہیں ہے-"

رضیہ آہستہ آہستہ آگے بڑھ آئی- کریم نے محسوس کیا کہ رضیہ کی چال میں بڑی دلکشی تھی- وہ ننگے پیر ہی آئی تھی- کریم کا دل اِس طرح دھڑک رہا تھا- جیسے آج ہی دھڑک کر رک جائے گا.... رضیہ دالان میں آکر ہانپتی ہوئی بولی-

"آج میں جلدی چلی جاؤں گی..... دادی کی طبیعت خراب ہے- اور فاروق بھائی- صبح دادی اماں کی دوا بھی آئے گی"-

"آجائے گی"- فاروق نے فراخ دلی سے کہا- "تم اندر آجاؤ"-

رضیہ اندر چلی گئی- کریم کا دل زور زور سے دھڑک رہا تھا- فاروق نے کہا-

"جاؤ دوست...... اندر جاؤ......"

"میں..... !" کریم اچھل پڑا-

"ہاں- تم......"

کریم کھڑا تو ہو گیا- لیکن اس کی ٹانگوں میں کپکپی سی تھی- فاروق نے ہنس کر کہا:- "میں جا رہا ہوں تھوڑی دیر بعد آؤنگا !!"

کریم کا دل اور زور سے دھڑکنے لگا- وہ رضیہ کی شبیہہ میں سلمیٰ کی تلاش کر رہا تھا- اُسے پہلے روز کی سلمیٰ یاد آرہی تھی- صاف ستھرا

خوشبوؤں میں بسا ہوا جسم یاد آرہا تھا اور یہ سب باتیں رضیہ میں نہ تھیں جانے کیوں اُسے سلمٰی کی یاد اتنی شدت سے آئی کہ اس کا دل رضیہ سے بات کرنے کو بھی نہ چاہا۔ لیکن دوسرے ہی لمحے اُسے آج کی سلمٰی کی یاد آگئی۔ جس سے اسے انتقام لینا تھا۔

وہ رات اس نے رضیہ کے ساتھ فاروق کے یہاں گزاری۔ واپس آنے لگا تو فاروق بولا:۔

"میں صبح تمہیں گھر سے بلا لوں گا! کارخانہ میں کام دلوا دونگا!!"

"بہت بہت شکریہ فاروق بھائی!!" پھر کریم چلا آیا۔

چھ

کریم اور فاروق کا یارانہ خوب گہرا ہوگیا۔

فاروق نے کریم کو ساٹھ روپے ماہوار پر ایک پریس مین کی جگہ دلادی تھی۔ جہاں صبح سے شام تک کریم کام کرتا تھا اور شام کو وہ فاروق کے ساتھ کپڑے وغیرہ پہن کر اسی ہوٹل میں بیٹھا کرتا تھا اور پھر دس بجے کے بعد فاروق کے گھر چلا جاتا۔ جہاں رضیہ کے ساتھ وہ بارہ بجے تک گزارتا اور ایک بجے گھر واپس آجاتا تھا۔ لیکن رضیہ کے لئے اُسے کبھی بھی ایک دھیلہ بھی نہ خرچ کرنا پڑا تھا بلکہ ہوٹل وغیرہ کا خرچہ بھی خود فاروق ہی اٹھاتا تھا اور پندرہ روپے

ہفتہ اُسے سو کھے بچ جاتے تھے۔
فاروق کیونکہ ایسے وقت میں کریم کا ہمدرد بنا تھا جبکہ سچ مچ کریم کو ایک ہمدرد کی ضرورت تھی۔ لہٰذا اُس نے فاروق کی تعریفیں بڑھا چڑھا کر ہی کی تھیں۔ اُس نے اماں کو بتایا کہ فاروق نے ہی اسے خود ڈیڑھ روپے روز کا کام چھوڑنے پر مجبور کر کے ساٹھ روپے ماہوار کا کام دلایا ہے۔ ایسی صورت میں اماں کے دل میں فاروق کے لئے گھر پیدا ہو جانا قدرتی بات تھی۔
چنانچہ فاروق گھر میں آنے جانے لگا تھا۔ اُس سے اماں پردہ نہ کرتی تھیں۔ پھر ایک روز کریم نے چلا کر جمیلہ کو بھی سامنے کر دیا تھا اور اب فاروق بالکل بے دھڑک ہو کر گھر میں چلا آتا تھا۔ اس کے لئے کوئی روک ٹوک نہ تھی۔
کریم کے گھر کے سامنے والے مولوی صاحب اُسی روز گھر چھوڑ کر چلے گئے تھے۔ جس روز کریم نے رضی کو مارا تھا۔ ایک ہفتے تک مکان مقفل رہا تھا۔ آج کل اس میں ایک نیا خاندان آ کر بس گیا تھا۔ کریم نے صرف اس لڑکے کو دیکھا تھا جو اکثر سامنے بیٹھک میں نظر آ جاتا تھا۔ ویسے وہ لڑکا صبح ہی پتلون شرٹ پہن کر اپنی نئی سائیکل پر بیٹھ کر کہیں چلا جاتا تھا۔ تو شام کو واپس آتا تھا۔ کریم نے اس کے علاوہ اور کسی فرد کو نہیں دیکھا تھا۔ ویسے اُسے علم تھا کہ اندر عورتیں بھی رہتی ہیں۔ لڑکا صورت کا اچھا تھا۔ گورا چٹا رنگ تھا۔ دبلا جسم تھا۔ وہ آنکھوں پر چشمہ بھی لگاتا تھا۔ کریم نے کسی سے اس کا نام بھی سن لیا تھا۔ اس کا نام رشید تھا۔

مکان خالی ہوتے ہی ہیں اور بھرتے بھی ہیں۔ کوئی آئے کوئی جائے کریم نے اسے کوئی اہمیت نہ دی تھی۔ وہ تو شاید رضی کو بھی اہمیت نہ دیتا۔ اگر اس روز ٹھیکیدار سے سلمیٰ کے بارے میں نہ پٹ جاتا۔ سلمیٰ کے بارے میں اُسے پتہ نہیں تھا کہ کب گئی؟ ویسے یہ ضرور معلوم تھا کہ چلی گئی ہے اور اب تو بھولے بھٹکے بھی اس کے دل میں سلمیٰ کا خیال نہ آتا تھا۔ کیونکہ رضیہ جو اسے مل گئی تھی۔

رفتہ رفتہ فاروق ان کے گھر میں خوب گھُل مِل گیا۔ وہ صرف زبان سے ہی نہیں، ہاتھ پیروں سے اور روپے پیسے سے بھی کریم کی مدد کیا کرتا تھا۔ اماں بھی فاروق کو اپنے گھر ہی کا ایک فرد سمجھنے لگی تھیں کیونکہ گھر میں فاروق بڑی بے تکلفی سے جمیلہ سے بھی بات چیت کرتا تھا اور کبھی کبھی مذاق بھی کر بیٹھتا۔ لیکن اماں یا کریم اس کی بات کا بُرا نہ مانتے تھے۔ کریم کو اب ساٹھ روپے ماہوار ملنے لگے تھے۔ لیکن ساٹھ روپے ماہوار میں بھی اس مہنگائی کے زمانے میں تین افراد کے کُنبے کا گذارہ مشکل سے ہی ہوتا۔ مگر فاروق کی وجہ سے کریم کو اس مشکل کا احساس کبھی نہ ہو سکا تھا۔ کیونکہ فاروق نے اُسے ایک کرانہ مرچنٹ کی دکان پر تعارف کرادیا تھا۔ تمام مہینے اس کی دوکان سے اُدھار سودا آتا تھا۔ مہینے کے آخر میں جو کچھ اماں کے پاس روپے ہوتے وہ فاروق کو دے دیتیں اور فاروق جو کمی ہوتی تھی اُسے پورا کر کے بنئے کا حساب چکا دیتا تھا۔ اب اماں۔ کریم اور جمیلہ کے جسم پر ہر وقت صاف ستھرے اور اچھے کپڑے رہنے لگے تھے۔ کریم کو درحقیقت فاروق کی دوستی پر ناز ہونے لگا تھا۔ بھلا آج کے دور میں اتنا فراخ

دل اور ہمدرد دوست کیسے مل سکتا ہے؟

اگر کبھی فاروق کے بارے میں شکیلہ ناپسندیدگی کا اظہار کرتی تو کریم اور اماں اسے بُری طرح جھڑک دیتے تھے۔ حالانکہ دو بچّوں کی اماں شکیلہ کو فاروق کا گھر میں اس طرح آنا جانا اور جمیلہ کے ساتھ ہنسنا بولنا قطعی ناپسند تھا۔ وہ کہتی تھی کہ اماں بوڑھی ہیں۔ فاروق کے سامنے آئیں کریم فاروق کا دوست ہے، ساتھ رہے لیکن خوبصورت اور جوان لڑکی کو ایک غیر مرد کے سامنے کر دینے کی کیا تک ہے؟ لیکن شکیلہ کی کریم اور اماں کے سامنے ایک نہ چلی اور نتیجہ یہ ہوا کہ شکیلہ نے ناراض ہو کر آنا جانا ہی ترک کر دیا۔

اسی طرح کوئی چھ مہینے گزر گئے۔

ان چھ مہینوں کے دوران ایک بار بھی اماں کو جمیلہ کے جوان ہو جانے کا احساس نہ ہوا۔ انہوں نے ایک بار بھی کریم سے جمیلہ کی شادی کے بارے میں ذکر نہ کیا۔ شاید بوڑھے ماں باپ کو جوان اولاد کی شادیاں بھی تنگدستی میں ہی یاد آتی ہیں اور اپنی بے بسی کا احساس بھی اُسی وقت ہوتا ہے۔ اس وقت خدا کے فضل سے ہر طرح فراغت تھی۔ لہٰذا شادی کا سوال ہی نہیں پیدا ہوتا تھا۔

لیکن رفتہ رفتہ فاروق کی آمد و رفت کا ذکر محلے پڑوس کے لوگوں میں ہونے لگا۔ ایک بار ایک بزرگ نے کریم سے پوچھا بھی۔

"کریم میاں۔ یہ فاروق کا تم سے کیا رشتہ ہے؟"

"میرا دوست ہے۔ کیوں؟" کریم نے پوچھا۔

"کچھ نہیں میاں۔ دوستوں کو اس طرح گھر میں نہیں آنے دینا

چاہیئے جبکہ جوان بہن گھر میں موجود ہے۔"

"بڑے میاں، تم اپنے گھر کی فکر کرو"۔ کریم نے غصہ میں آکر کہا"۔ میں اپنا گھر دیکھوں گا"۔

بزرگ سہم کر چپ ہو گئے۔ کیونکہ وہ کریم کے جسم سے مرعوب تھے۔ اس کے علاوہ وہ کریم کو رضی کو محلے سے نکلواتے بھی دیکھ چکے تھے۔ کریم نے اس روز شام کو ہوٹل میں بیٹھ کر فاروق سے کہا "یار یہ دنیا بھی کیسی ہے؟ کوئی کسی کو کسی سے گھل مل کر رہتے نہیں دیکھ سکتا۔"

"کیا ہوا؟" فاروق نے حیرت سے پوچھا۔

"ارے تم گھر میں آتے جاتے ہو نا؟ آج ایک بڑے میاں جانے کیا کیا بکنے لگے؟ جوان بہن...... غیر مرد...... میں نے دھتکار بتا دی۔"

فاروق غور سے کریم کا چہرہ دیکھتا رہا۔ پھر بولا۔

"یار کریم ایک بات کہوں؟"

"کہو......؟" کریم نے بڑے خلوص سے کہا۔

"اس سے پہلے بھی شکیلہ اس بات پر ناراض ہو چکی ہیں۔ اب یہ محلے والے الٹے کھڑے ہوئے۔ کل کلاں کو کوئی سچ مچ ہی جمیلہ سے میرا کوئی ناجائز رشتہ جوڑ دے تو خواہ مخواہ دل بگڑ جائیں۔ دوستی پر بھی خاک پڑ جائے اس سے اچھا ہے کہ میں تمہارے گھر آنا چھوڑ دوں۔"

"ارے واہ۔ کیسی بات کرتے ہو فاروق بھائی"۔ کریم نے بڑے خلوص سے کہا"۔ کوئی کچھ کہہ کر تو دیکھے۔ منہ سنبھال کر رکھ دوں۔ ہاں

اپنا دل صاف ہونا چاہیئے۔ میں اور امّاں تو کبھی سوچتے تک نہیں ایسی بات۔"

"تب ہی تو مطمئن ہوں۔ قسم لے لو۔ جو کبھی جمیلہ کو بہن کے سوا اور کچھ سمجھا ہو۔ جیسے تمہاری بہن ویسے میری بہن ہوتی تو کیا تم اس پر بُری نظر ڈالتے؟"

"توبہ کرو فاروق بھائی۔" کریم نے گالوں پر ہاتھ مارے۔

وہ لوگ وہاں اُس روز رات کو گیارہ بجے تک بیٹھے رہے اور گیارہ بجے کے قریب کریم کو ایک بے چینی سی ہونے لگی۔ وہ کرسی پر پہلو بدلنے لگا۔ آج چھ مہینے میں یہ پہلا اتفاق تھا کہ وہ لوگ گیارہ بجے تک ہوٹل میں بیٹھے تھے۔

آخر میں کریم سے صبر نہ ہو سکا تو وہ پہلو بدل کر بولا۔

"فاروق بھائی۔ کیا آج گھر نہ جاؤ گے؟"

"نہیں"۔ فاروق نے کہا۔ "شاید میں تمہیں بتانا بھول گیا تھا۔ آج شام کو رضیہ کی دادی مرگئی ہے۔ اس لئے آج اُسے نہیں سنایا جائے گا۔"

"اوہو۔ چہ چہ۔" کریم نے ہمدردی ظاہر کی۔

اس وقت یہ سُن کر کہ آج وہ رضیہ کے ساتھ وقت نہ گزار سکے گا ایک دم اس پر اکتاہٹ کا دورہ سا پڑا۔ اور اُسے فاروق کی موجودگی میں کچھ اس قسم کی کوفت ہونے لگی۔ جیسے فاروق اس کا دوست نہ ہو کوئی ایسا اجنبی ہو۔ جس سے کریم آزادانہ گفتگو تک نہ کر سکتا ہو۔ اس کا دل چاہ رہا تھا کہ اب وہ تنہا ہو جائے۔

آج وہ رضیہ سے نہ مل سکے گا۔ پتہ نہیں کل بھی مل سکے گا یا نہیں؟

"اونہہ..." اس نے سوچا "کمبخت بوڑھیا کو بھی انہی دنوں میں مرنا رہ گیا تھا۔"

فاروق نے اس کا چہرہ دیکھا اور مسکرا کر بولا۔

"کیوں۔ صبر نہیں ہو رہا؟"

"ارے نہیں فاروق بھائی" کریم جھینپ کر بولا "ایسی بات نہیں"

"کیوں چھپاتے ہو یار۔ فاروق نے کچی گولیاں نہیں کھیلیں۔ اڑتی چڑیا کے پر پہچان سکتا ہے۔ لیکن میں پھر بھی تمہارا یار ہوں۔ تمہاری بے چینی نہیں دیکھ سکتا۔"

فاروق اسے اس محلہ میں لے گیا۔ جہاں رات بھر رونق رہا کرتی تھی۔ کریم اس محلے کے بارے میں جانتا تھا۔ لیکن کبھی ادھر آنے کا اتفاق نہیں ہوا تھا۔ اور اگر فاروق نہ ہوتا تو شاید آج بھی نہ آتا۔

اور وہ رات کریم نے فاروق کے ساتھ گندی گلی میں گزاری۔ یہاں اسے تسکین تو مل گئی۔ لیکن طبیعت متلا گئی۔

دوسرے دن ہوٹل میں فاروق نے کریم کو بتایا کہ رضیہ کی دادی کی موت کی خبر سن کر رضیہ کی اماں آئی تھی۔ وہ رضیہ کو اپنے ساتھ لے گئی۔

اور یہ خبر سن کر جیسے کریم کے جسم میں سناٹا چھا گیا۔ جیسے اس کے پیروں تلے سے زمین نکل گئی۔ اس کی بالکل وہی کیفیت ہو گئی جو ایک بار سلمیٰ سے چھوٹنے پر ہوئی تھی۔

فاروق نے اسے تسلیاں بھی دیں لیکن اس کی پریشانی دور نہ ہو سکی

اُسے وہ سکون نہ مل سکا لیکن رگوں کا کھچاؤ تو روز ہی پریشان کرتا تھا۔ چنانچہ فاروق اُسے روزانہ اُسی گلی میں لے جانے لگا۔ جہاں وہ دس بجے سے ایک بجے تک چکر لگاتے تھے اور کریم روزانہ کسی نہ کسی نئی عورت کے پاس جاتا اور روپیہ دے کر چلا آتا تھا۔ اسے دلی سکون پھر بھی حاصل نہ ہو سکا۔

اور پھر انہی دنوں میں اس کی طبیعت کچھ گری گری سی رہنے لگی اُسے ایسا لگنے لگا جیسے اُس کے گھٹنوں کی ہڈیاں ٹوٹ سی گئی ہوں۔ اُسے چلنے پھرنے میں کوفت ہوتی تھی۔ دل چاہتا تھا کہ ایک ہی جگہ بیٹھا رہے۔ ہر وقت ایک نیند کے بوجھ سے آنکھیں بوجھل سی رہتی تھیں۔ ایک کاہلی اور گھٹن سی طبیعت پر سوار رہتی تھی۔

اپنی گرتی ہوئی طبیعت کے باعث ایک روز وہ حکیم کے پاس گیا حکیم نے اس کی نبض دیکھی۔ زبان دیکھی اور پھر اس کا قارورہ منگوا کر دیکھا۔ پھر بتایا۔

"بہت خطرناک مرض ہے۔ اگر ابھی سے علاج نہ کیا تو آگے جا کر نقصان اُٹھاؤ گے۔ تمہارے قارورے میں شکر کی سفیدی موجود ہے"۔

پھر حکیم نے اُسے کئی قسم کی دوائیں لکھ کر دے دیں۔ جو اُس نے اُسی روز خرید لیں اور جب انہیں گھر میں لے جا کر اُس نے پکوایا۔ تو اماں بہت غور سے کریم کی شکل دیکھنے لگیں۔ اس روز اماں نے پہلی بار کریم سے ایک عجیب سی بات کہی۔ انہوں نے کہا۔

"اب تیری شادی ہو جانی چاہیئے۔ جمیلہ کتنے دن کی ہے؟ بہو آئے گی تو گھر میں کچھ رونق بھی ہو گی۔۔۔۔۔ اور مجھے کچھ آرام بھی ملے گا۔"

کریم نے کوئی جواب نہیں دیا۔ لیکن اماں کی تجویز کریم کو بہت پسند آئی۔ اور اسے فوراً اسلمیٰ اور رضیہ کی یاد آگئی۔

وہ سوچنے لگا تھا۔ "اچھا ہے اب میری شادی ہی ہو جانی چاہیئے" اور وہ شادی کے سرور انگیز تصور میں کھو گیا۔

سات

اماں جب کبھی فاروق کی آواز سُن لیتی تھیں تو اتنی بیتاب ہو جاتی تھیں جیسے فاروق نہ آیا ہو، ان کے گھر کوئی دیوتا یا پیامبر آ گیا ہو۔ فاروق درحقیقت ان کے لئے ایسا ہی تھا۔ فاروق نے کریم کو ساٹھ روپے ماہوار کا ملازم کرا دیا تھا اور ان کے گھر کی ایسی دیکھ بھال اور فکر رکھتا تھا کہ خود کریم کبھی نہ رکھتا ہو گا۔ اماں کو اگر کھانسی بھی آتی تو وہ بھاگ کر دوا لے آتا۔ جمیلہ اگر سر کے درد کا ذکر بھی کر دیتی تو فاروق دوا لینے دوڑ جاتا۔

اُس روز اماں غسل خانے میں نہا رہی تھیں کہ انہوں نے فاروق کی آواز سُنی اور وہ بے چین سی ہو گئیں۔ کیونکہ کریم گھر میں نہیں تھا۔ انہوں نے سوچا کہ کہیں جمیلہ فاروق کو لوٹا نہ دے۔ چنانچہ وہ غسل خانہ میں سے بول پڑیں۔

"ارے او جمیلہ..... دیکھ فاروق آیا ہے، اُسے کمرے میں

بیٹھا۔ میں آرہی ہوں"۔

جمیلہ نے کوئی جواب نہ دیا۔ وہ دروازے کے نزدیک جا کر بولی۔

"آجاؤ فاروق بھائی"۔

فاروق اندر چلا آیا اور اِدھر اُدھر دیکھ کر بولا۔

"ارے! اماں کہاں ہیں؟"

"نہا رہی ہیں۔ بیٹھو اندر چل کر"۔

"کریم بھی نہیں ہے؟"

"وہ ابھی کام پر سے نہیں آئے"۔

"اچھا"۔ فاروق نے بائیں آنکھ دبا کر کہا۔ "تو موقعہ اچھا ہے"۔

جمیلہ نے جلدی سے غسل خانہ کی طرف دیکھا۔ لیکن فاروق اس کا ہاتھ پکڑ کر کھینچتا ہوا کمرے میں لے گیا۔ جمیلہ جلدی سے بولی۔

"ارے ارے..... فاروق بھائی۔ اماں نکل آئیں تو"۔

"اونہہ۔ اماں اتنی جلدی نہیں نکل آئیں گی"۔

ابھی پانچ منٹ بھی نہ گزرے تھے کہ اچانک جمیلہ نے کریم کے گنگنانے کی آواز سنی اور وہ گھبرا کر بیٹھ گئی۔

"اوئی میا۔ کریم بھائی آگئے"۔

فاروق جلدی سے اچھل کر کھڑا ہو گیا۔ جمیلہ بھی پریشان ہو گئی انہوں نے کریم کی آواز سنی۔

"ارے اماں۔ تم کیا سوچ رہی ہو کھڑی ہوئی؟"

"اماں.....؟" جمیلہ چونک پڑی۔ تو کیا وہ نہائی نہیں تھیں

۷۰

"ہائے اللہ اب کیا ہوگا؟"

فاروق نے اطمینان سے دروازہ کھولا، کمرے سے نکل آیا۔ اس نے اماں کو دالان کے کھمبے کے پاس کھڑا ہوا دیکھا۔ ان کا چہرا اُترا ہوا تھا اور آنکھیں سُرخ ہو رہی تھیں۔ کریم فاروق کو دیکھتے ہی چونک پڑا۔

"ارے فاروق بھائی۔ تم کب کے آئے ہوئے ہو؟"

"ابھی آیا تھا۔" فاروق نے آکر جواب دیا۔

"اماں پھر غسل خانے کی طرف چلی گئیں۔ کریم نے کہا۔

"ارے بیٹھو فاروق بھائی۔ جمیلہ کدھر گئی؟"

"اندر ہے شاید۔"

کریم نے جمیلہ کو آواز دی۔ جمیلہ سہمی ہوئی باہر آگئی۔ کریم نے پہلے جمیلہ کا چہرہ غور سے دیکھا۔ پھر فاروق کا چہرہ دیکھا۔ پھر اُسے اماں کی صورت یاد آئی اور ساتھ ہی یہ خیال بھی آیا کہ جمیلہ اور فاروق کمرے میں تھے اور کمرہ بند تھا۔ لیکن دوسرے ہی لمحے اُس نے جلدی سے بات بناتے ہوئے کہا۔

"ارے جمیلہ فاروق بھائی کے لئے چائے نہیں بنائے گی۔"

"نہیں بھئی۔ پھر پیوں گا۔ تم جلدی آنا۔ میں ہوٹل پر انتظار کروں گا۔"

فاروق چلا گیا اور کریم نے اُسے جانے دیا۔ اس کے جانے کے بعد بھی کریم نے جمیلہ سے کچھ بھی نہ کہا۔ پھر جب اماں نہا کر نکلیں تو اُس نے اماں سے بھی آنکھیں بچانے کی کوشش کی۔ لیکن اماں نے

اس سے کہہ ہی دیا.........
"ایک بات سُن لے کریم۔ آج سے فاروق گھر میں نہیں آئے گا"
"کیوں......؟" کریم نے انجان بنتے ہوئے پوچھا۔
"تیری تو مت ماری گئی ہے"۔ اماں سر پیٹ کر بولیں۔ "اس جوان ڈھینگڑی کو اب کہیں بیاہ دے تو اچھا ہے ورنہ یہ منہ پر کالک لگائے بغیر نہ رہے گی۔... تو ایک شرف الدین سے لڑ لیا۔ ایک رضی کو مار کر نکال چکا۔ اب اس فاروق کا آنا جانا اور بند کر دے۔"

فاروق کا آنا جانا بند کر دے۔ کریم نے سوچا۔ فاروق تو اس کا یار ہے۔ اس کے کتنے احسان ہیں۔ اُس دن اگر فاروق نہ ہوتا تو وہ کیسے زندہ رہ سکتا تھا؟ اس کے تصور میں رضیہ کا چہرہ گھوم گیا۔ پھر وہ گلی گھوم گئی۔ جہاں فاروق اس کے لئے ایک روپیہ دو روپیہ اور کبھی کبھی تین روپے روز تک خرچ کر دیا کرتا تھا۔ کیا کوئی اور آدمی ایسا کر سکتا تھا؟ اگر فاروق نہ ہوتا تو کیا وہ اس طرح روپے خرچ کر سکتا تھا؟

کریم نے سوچا۔ اماں بڑھاپے میں سٹھیا گئی ہیں۔ فاروق آنا جانا بند کر دے۔ اگر فاروق اپنا قرضہ مانگ بیٹھا تو وہ کہاں سے دے گا؟ بنیا جو تقاضا نہیں کرتا تو فاروق ہی کی وجہ سے نہیں کرتا؟ اور پھر فاروق اس کا محسن ہے۔ اگر فاروق کا ساتھ چھوٹ گیا تو کیا وہ دو تین روپے روز اُس گلی میں خرچ کر سکے گا؟

ابھی وہ اسی سوچ میں تھا کہ اماں نے اُسے چونکا دیا۔

"اور سُن رے" - وہ بولیں۔ "اب اسی چاند کی چڑھتی تاریخوں میں تیرا بیاہ بھی ہو جائے گا۔"

"میرا بیاہ؟" کریم نے حیرت سے اماں کی طرف دیکھا۔

"ہاں، تیرا بیاہ - میں نے بات پکی کرلی ہے - مولوی نیاز میاں کی لڑکی سے لڑکی کا نام رحمت بی ہے - پنج وقتہ نماز ن ہے - صوم وصلوٰۃ کی پابند ہے - کبھی کسی غیر مرد نے اس کا آنچل کبھی نہیں دیکھا - گھر والوں میں ایک ہی ہے - مولوی صاحب کی بیوی کو مرے عرصہ ہو چکا ہے - لیکن گھر اس طرح سنبھال رہی ہے کہ مولوی صاحب کو کبھی بیوی کی کمی محسوس نہیں ہوئی - حالانکہ مولوی صاحب تعویذ گنڈوں سے اور بچوں کو پڑھا کر اتنا ہی کما لیتے ہیں کہ دو وقت کی مشکل سے چلے - لیکن نیک نیتی ہے - اللہ نے برکت دے رکھی ہے اگر عورت سلیقہ مند ہو تو مرد کی زندگی بدل سکتی ہے - گھر کا نقشہ بدل جاتا ہے - ایسی لڑکیاں چراغ لے کر ڈھونڈو تو بھی نہ ملیں - بے چاروں کے پاس دینے دلانے کو کچھ نہیں ہے - شربت کے گلاس پر نکاح کرنے کو تیار ہیں - جوان لڑکی بوجھ ہوتی ہے - اس لئے جلدی کر دینا چاہتے ہیں - ہمیں بھی لڑکی کی دیکھ بھال کی ضرورت نہیں ورنہ دوسری دیکھی جائے تو مہینوں چال چلن کی چھان بین میں لگ جائیں - بہو تو گھر کی ناک ہوتی ہے - اس لئے میں نے بات پکی کرلی ہے - مولوی صاحب سیدھے سے آدمی ہیں - لوگوں کے کہنے میں آنے والے نہیں ہیں - ورنہ اگر تیرا رشتہ لے کر کہیں اور جاتی تو لوگ بھڑکانے کو نہ چھوڑ دیتے - جب ماں کے منہ پر ہی ایسی ویسی

۷۳

باتیں کر جاتے ہیں۔ تیرا اور فاروق کا ساتھ بھی اچھا نہیں سمجھا جاتا...“

کریم سب کچھ سنتا رہا اور چپ چاپ بیٹھا سوچتا رہا۔ اماں نے تھوڑی دیر بعد پھر کہا۔

”میں جانتی ہوں بیٹا۔ جوانی دیوانی ہوتی ہے اور خاص کر آجکل کا ماحول اچھے اچھوں کے قدم بھٹک جاتے ہیں۔ لوگ تیرے بارے میں کچھ بھی کہیں لیکن میں جانتی ہوں کہ چاہے مدار دروازے جانے لگے یا کسی سے ملنے لگے..... یہ سب جوانی کا ہی جوش ہوتا ہے۔ شادی بیاہ کے بعد آدمی ٹھکانے لگ جاتا ہے۔ دماغ ایک جگہ ہی رہتا ہے۔ لہذا کام کاج میں بھی طبیعت لگتی ہے۔ ایسی ویسی صحبت سے بھی دور رہتا ہے۔ اور اگر بیوی نیک اور خوبصورت مل جائے تو کیا کہنا۔ بیٹا۔ رحمت بی میں یہ تمام باتیں موجود ہیں صورت سے تو چاند کا ٹکڑا لگتی ہے۔ ملائی جیسا رنگ ہے، معصوم سا چہرہ ہے، میانہ قد ہے، بات کرتی ہے تو پھول سے جھڑتے ہیں......“

کریم کا دل زور زور سے دھڑکتا رہا۔ اس نے اور کچھ سنا ہو یا نہ سنا ہو۔ لیکن اماں کے آخری الفاظ اس کے کانوں میں گونجتے ہی رہے۔

”چاند کا سا ٹکڑا..... ملائی جیسا رنگ..... ”چاند کا سا ٹکڑا ملائی جیسا رنگ۔“ کریم نے تصور میں سلمیٰ کا ہاتھی دانت کی طرح دمکتا ہوا جسم دیکھا۔ پھر اس پر اماں کا بتایا ہوا نقشہ لگا کر رحمت بی کا چہرہ فٹ کر لیا..... پھر رضیہ کا جسم تصور میں رکھا اور اس پر

۷۴

رحمت بی کا ناک نقشہ فٹ کر لیا اور کریم کا دل اور زور زور سے دھڑکنے لگا۔ اسے ایسے لگا جیسے رحمت بی بھی سلمیٰ کی طرح اس کی آغوش میں آ چکی ہو۔

اماں اس کا چہرہ دیکھتی پھر انھوں نے کہا۔

"اے لڑکے۔ میں نے تجھ سے اس لئے پہلے ذکر کر دیا ہے۔ کبھی بعد میں تو میری زبان بھی چھوٹی کروائے۔ اگر تیرے دل میں کچھ اور ہے تو ابھی بتا دے؟"

"ارے واہ اماں"۔ کریم نے نظریں نیچی کر کے کہا۔ "میں بھلا اپنی اماں کے سامنے زبان کھولوں گا۔ جو تم نے طے کر لیا ٹھیک ہے؟"

"جگ جگ جیو میرے بچے"۔ اماں نے بلائیں لیتے ہوئے کہا۔

کریم اُٹھ کر باہر نکل آیا۔ دروازے کے سامنے اُس نے بیٹھک میں رشید کو پڑھتے ہوئے دیکھا۔ رشید نے ایک نظر اٹھا کر کریم کی طرف دیکھا۔ پھر پڑھنے میں منہمک ہو گیا۔ کریم گلی میں چلنے لگا۔ اس کے کانوں میں اماں کی باتیں اب تک گونج رہی تھیں۔ "چاند کا سا ٹکڑا، ملائی جیسی رنگت......" وہ یہ سوچ رہا تھا۔ یہ روز کا بھٹکنا اور جائے گا در در کی ٹھوکروں سے تو نجات ملے گی۔ یکسوئی تو ہو جائے گی۔ فاروق کی امداد تو ختم ہو گی۔ آوارگی ختم ہو گی۔ عزت و شرافت کی زندگی ہو گی۔

کریم کے اندر ایک شرافت کا احساس پیدا ہو گیا۔ وہ سوچنے لگا۔ واقعی یہ بہت بری بات ہے کہ وہ طوائفوں میں جاتا ہے۔ لوگ طوائف بازوں کو کبھی اچھی نظروں سے نہیں دیکھتے......

اس نے خواہ مخواہ یہ لت لگالی۔ اب وہ کبھی طوائف کے ہاں نہیں جائیگا کبھی نہیں جائے گا۔ اور اب ضرورت ہی کیا ہے۔ دس پندرہ روز میں خود اس کی بانہوں میں ایک چاند سا ٹکڑا آجائے گا.....

اور کریم کا دل خوشی سے دھڑک اٹھا۔ اس نے مسرت کے احساس سے سرشار ہوکر بالوں پر ہاتھ پھیرا اور بالوں سے کڑوے تیل کی چکناہٹ ہاتھ میں لگ جانے پر اس نے تہمد سے ہاتھ پونچھ لیا۔

پہلے اس نے پان کھانے کا ارادہ کیا۔ پھر اسے فاروق کا خیال آگیا...... ارے؟ اس نے سوچا وہ بھول ہی گیا تھا کہ فاروق ہوٹل پر اس کا انتظار کرے گا...... پتہ نہیں کیوں؟ اس وقت اسے فاروق کے خیال سے بھی ایک گھٹن سی محسوس ہوئی۔

"بدمعاش......" اس نے دل میں سوچا "میری بہن پر بری نظر رکھتا ہے۔ یہ سالا دوست ہے۔ لاحول ولا قوۃ" اس نے سڑک پر تھوک دیا۔ لیکن فاروق کا انداز ایسا ہی تھا۔ جیسے وہ جاننے کی کوشش کر رہا ہو کہ کریم کے چہرے پر کوئی تبدیلی تو نہیں۔ فاروق کو دیکھتے ہی کریم بھی اسی انداز میں مسکرا دیا جس طرح روز مسکراتا تھا۔

"آؤ بیٹھو......" فاروق نے کہا...... "اے لڑکے ایک پیالی چائے لائیو۔ ایک چاند تارے کا بنڈل اور دو پان بھی لائیو۔"

کریم بیٹھ گیا۔ چاند کے لفظ پر اسے اماں کا بتایا ہوا چاند کا ٹکڑا یاد آگیا تھا اور کریم سوچ رہا تھا کہ وہ فاروق کو کس طرح گھر آنے سے منع کرے۔ اس وقت اس کے دل میں یہ بھی خیال آیا تھا

کہ جب رحمت بی اس کی بیوی بن کر آجائے گی تو فاروق کا آنا اس کے گھر میں واقعی اچھا نہ ہوگا۔ فاروق واقعی بُرا آدمی ہے۔ اس کے تعلقات رضیہ سے تھے۔ اور فاروق مدار دروازے بھی جاتا ہے۔ اور فاروق اس کی بہن پر بھی بُری نظر رکھتا ہے۔ کیا پتہ وہ رحمت بی پر بھی بُری نظر ڈالے۔ بھلا یہ کیسے برداشت کیا جا سکتا ہے؟ کریم نے سوچا۔

"تم کچھ سوچ رہے ہو؟" فاروق نے بیڑی کا کش لے کر کہا۔

"ہاں فاروق بھائی۔" کریم نے دھیرے سے کہا۔ "کچھ ایسی ہی بات ہے۔"

"کیا ہے؟ مجھے بتاؤ؟" فاروق غور سے کریم کی آنکھوں میں دیکھنے لگا۔

"کیا بتاؤں، فاروق بھائی۔" کریم نے قدرے رُک کر کہا۔ "میں تو تمہیں اپنا دوست ہی سمجھتا ہوں۔ کوئی کتنا ہی کہے لیکن میں تم پر شبہ نہیں کر سکتا .... لیکن ..... تم جانتے ہو کہ آج کل کے بڑے بوڑھے ..... کتنے شکّی اور کانوں کے کچے ہوتے ہیں۔"

"تو ...... ؟" فاروق اور غور سے کریم کی طرف دیکھنے لگا۔ اس کے چہرے کا رنگ بدلنے لگا تھا۔ کریم نے ذرا زور دے کر ہمت پیدا کی اور کہا۔

"یار فاروق بھائی یہ محلّے والے سالے ..... تم پر ایسے ہی شک کرتے تھے۔ اماں کے کان بھرا کرتے تھے۔ اماں کو کچھ کچھ ان کی باتوں پر یقین آنے لگا تھا۔ اور آج وہ جب تم کمرے میں تھے۔"

"ہاں۔" فاروق نے جلدی سے کہا۔ "میں اس کے بارے میں تم سے بھی کہنے والا تھا۔ اماں کو پتہ نہیں کیا غلط فہمی ہو گئی۔ میں یونہی اندر چلا گیا تھا۔ اب تم خود ہی سوچو۔ میں اتنے عرصہ سے تمہارے گھر میں آتا جاتا ہوں۔ کبھی پہلے بھی کوئی ایسی ویسی بات ہوئی؟ اور پھر ہونے ہی کیوں لگی؟ کیا میں اتنا کمینہ اور ذلیل ہوں کہ ایک دوست کی بہن پر بُری نظر ڈالوں گا اس سے پہلے خدا مجھے موت نہ دے دے۔"

"ارے نہیں فاروق بھائی۔" کریم نے کہا۔ "بھلا ایسا ہو سکتا ہے۔ لیکن بوڑھے کبھی تو شکی مزاج ہوتے ہیں۔ میں تمہیں کیا جانتا نہیں۔ اتنا اچھا دوست مشکل سے ہی ملتا ہے۔ میں تمہاری بہت عزت کرتا ہوں مگر اماں کے شکی مزاج کو کیا کروں۔"

"تو اماں کیا کہتی ہیں؟"

کچھ نہیں .... فاروق بھائی۔ یار تمہیں خدا کی قسم ہے۔ میری بات کا بُرا نہ ماننا۔ میں وعدہ کرتا ہوں کہ دو تین روز کے بعد میں اماں کے دل سے شک دور کر دوں گا۔ بس ان تین چار دن تک تم ..... ذرا ..... تم .... میرا مطلب ہے کہ تم میرے گھر نہ آنا۔

"بس .... ؟" فاروق نے ہنس کر کہا۔ "ایسی کیا بات ہے؟ نہیں آؤں گا۔ جب اماں کا غصہ اتر جائے گا تو آ کر ان کی غلط فہمی دور کر دوں گا۔"

فاروق بول تو رہا تھا لیکن اس کی آواز خالی سی لگ رہی تھی۔ لیکن کریم نے اطمینان کا سانس لیا اور بولا۔

"بس ٹھیک ہے۔"

پھر وہ لوگ چائے پیتے رہے۔ کریم کو ایسا لگ رہا تھا، جیسے ایک بڑا مسئلہ حل ہو گیا ہو۔ اسے اندیشہ تھا کہ فاروق بُرا نہ مان جائے۔ اگر بگڑ گیا تو پھر...... وہ اپنے روپوں کا تقاضا نہ کرے۔ نپٹنے کا حساب صاف کرنے کو نہ کہے؟ لیکن یہ سب کچھ نہیں ہوا اور کریم نے اطمینان کا سانس لیا۔ وہ لوگ چائے ختم کرکے بیڑی پینے لگے۔ فاروق کسی سوچ میں غرق تھا۔

کریم نے ٹائم پیس دیکھا جو ہوٹل کی الماری میں رکھی ہوئی تھی اور اس کے دائیں طرف چاند تارا بیڑی کا پوسٹر لگا ہوا تھا۔ ٹائم پیس میں نو بج رہے تھے اور یہ وقت کریم اور فاروق کے مدار گیٹ جانے کا تھا کریم پہلو بدل کر فاروق کی طرف اس انداز میں دیکھنے لگا جیسے وہ اس بات کا منتظر ہو کہ فاروق اب اس سے مدار گیٹ چلنے کو کہے گا۔ لیکن فاروق سوچتا ہی رہا۔ اس کا چہرہ پھیکا پھیکا سا ہو رہا تھا۔ کریم کو بار بار جمائیاں آنے لگیں۔ آنکھوں میں سے آگ سی نکلنے لگی۔ اور تب اس نے کہا۔

"اٹھو گے نہیں فاروق بھائی؟"

"ایں۔ ہاں اٹھو۔" فاروق چونک کر اٹھ گیا۔

وہ لوگ باہر آنے لگے تو فاروق نے جیب میں ہاتھ ڈال کر چونکتے ہوئے کہا۔

"اوہ...... آج میں پیسے لانا ہی بھول گیا......"

"کوئی بات نہیں۔ میں دے دوں گا۔" کریم نے کہا۔

اُس نے جیب میں سے دو روپے کا نوٹ نکال کر دیا۔ ایک

روپیہ کچھ آنے واپس لے کر وہ لوگ باہر نکل آئے۔ کریم سوچ رہا تھا کہ جب پیسے ہی نہیں ہیں تو مدار گیٹ کیا جائے گا؟ شاید گھر جاکر پیسے لائے؟ لیکن فاروق کا گھر جانے کا ارادہ نہیں معلوم ہوتا تھا۔ کریم روزمرہ کی وجہ سے پریشان اور اس وقت تو اس کی حالت بہت خراب تھی وہ فوراً ہی مدار گیٹ پہنچنا چاہتا تھا۔ اس لئے اس نے مجبور ہو کر کہا۔

"کیوں فاروق بھائی؟ آج مدار گیٹ نہیں چلو گے؟"

"نہیں یار۔ آج گول کرو۔ طبیعت گری گری سی ہے۔"

"اچھی بات ہے!" کریم نے مردہ دلی سے کہا۔

پھر کریم سوچنے لگا۔ وہ فاروق کے بغیر بھی تو جا سکتا ہے۔ اس کی جیب میں ابھی ایک روپیہ کچھ آنے پڑے ہوئے ہیں۔ اس نے چور نگاہوں سے فاروق کا چہرہ دیکھا۔ مبادا فاروق اس کا خیال تاڑ نہ گیا ہو۔ لیکن فاروق کچھ اور ہی سوچ رہا تھا۔

"اچھا فاروق بھائی۔ اب سوؤں گا۔" کریم نے رک کر کہا۔

"ہیں۔ آہاں۔"

کریم فاروق کو سلام کر کے چل دیا۔ فاروق جب گلی کے موڑ پر چھپ گیا تو کریم نے جلدی سے راستہ بدل دیا۔ وہ تیز تیز قدموں سے چلتا ہوا مدار گیٹ کی طرف جا رہا تھا۔

۸۰

آٹھ

اِدھر کئی روز سے فاروق بھی گھر نہ آیا تھا۔

جمیلہ بڑی سست سست رہنے لگی تھی۔ تمام دن اس کا بدن ٹوٹتا سا رہتا تھا۔ انگڑائیوں پر انگڑائیاں آتی تھیں۔ آنکھوں میں نشہ سا رہتا تھا اور طبیعت میں جھنجھلاہٹ بھی آنے لگی تھی۔ پہلے شرف الدین ملا تھا، پھر رضی، پھر فاروق۔ لیکن اب کوئی بھی نہیں تھا۔

جمیلہ کی طبیعت تمام دن اُکھڑی اُکھڑی سی رہتی تھی۔ کبھی کبھی وہ یونہی بلا وجہ یا کسی تمنا میں دروازے پر کھڑی ہو جاتی تھی۔ ایک روز اُس نے سامنے والی بیٹھک میں رشید کو دیکھا۔ رشید ایک اچھا خاصہ نوجوان تھا۔ پہلے روز وہ رشید کو دیکھ کر ایک دم ہٹ گئی۔ رشید کی نظر بھی اُس پر پڑ گئی تھی۔ وہ پردے کی اوٹ سے رشید کے تاثرات دیکھتی رہی۔ لیکن رشید بالکل بے نیاز سا بیٹھا ہوا کتاب پڑھتا رہا۔ پھر کسی نے آواز دی اور وہ اُٹھ کر اندر چلا گیا۔

اس کے بعد وہ روزانہ رشید کو دیکھنے لگی۔ ایک بار جان بوجھ کر سامنے آگئی اور رشید کی طرف دیکھ کر مسکرا دی۔ لیکن رشید اُسے صرف ایک نظر دیکھ کر رہ گیا۔ نہ اُس نے دلچسپی ہی ظاہر کی نہ بُرا سا منہ بنایا۔ جمیلہ کو اس پر جھنجھلاہٹ آگئی۔ دوسرے دن اُس نے رشید کو منہ چڑا دیا۔ اُس روز سے رشید نے سامنے کرسی بچھا کر بیٹھنا ترک کر دیا۔ جمیلہ کو بہت ہی جھنجھلاہٹ محسوس ہوئی۔

اُس نے دل میں فیصلہ کرلیا کہ اب وہ کبھی بھی رشید کو مخاطب نہ کرے گی لیکن وہ دو روز بھی صبر نہ کر سکی۔ دوسرے روز ہی دروازے پر آکر کھڑی ہوگئی۔ رشید کی بیٹھک کا دروازہ کھلا تھا۔ جمیلہ نے ایک کنکری اُٹھا کر پھینکی تھی۔ لیکن جمیلہ کو دیکھ کر وہ ٹھٹک کر رُک گیا۔ جمیلہ نے ہنس کر اُسے انگوٹھا دکھا دیا۔ رشید کا چہرہ سُرخ ہوگیا۔

گلی سنسان پڑی تھی۔ دوپہر کا وقت تھا۔ اندر اماں سو رہی تھیں۔ لہٰذا راستہ صاف تھا اور جمیلہ کو علم تھا کہ کریم شام سے قبل نہیں آئے گا۔ جمیلہ کا انگ انگ ٹوٹنے لگا۔ وہ اس بات کا انتظار کرنے لگی کہ کب رشید اُسے بُلانے کا اشارہ کرے اور وہ اس کی بیٹھک میں چلی جائے۔ لیکن رشید کے چہرے پر عجیب سے تاثرات تھے۔ جیسے اُسے کسی بات سے صدمہ پہنچا ہو۔ اُس نے بڑے درد بھرے سے لہجہ میں کہا۔

"بڑا افسوس ہوتا ہے خاتون، آپ کی حرکتوں پر۔ ایک پردہ دار اور شریف خاتون کو ایسی حرکتیں اچھی نہیں لگتیں...... خواہ مخواہ کسی روز کسی نے دیکھ لیا تو... میں بدنامی کا داغ ہو جاؤں گا۔ مرد ہوں۔ لیکن آپ...... عورت ذات ہیں اور عورت کی عزت ایک ایسا شیشہ ہوتی ہے جو ایک بار ٹوٹنے پر جُڑ نہیں سکتی......"

اور جمیلہ حیرت سے رشید کی طرف دیکھتی رہ گئی۔ اس کی حیرت میں احساس شکست، غصہ اور جھنجھلاہٹ بھی شامل تھی۔ وہ

ہونٹ بھینچے ہوئے اس طرح رشید کو گھور رہی تھی۔ جیسے وہ رشید کے سامنے سے ہٹنا بھی چاہتی ہو۔ اور کسی عجیب سے احساس نے اس کے پیر زمین پر جما دیئے ہوں تو وہ ہٹ بھی نہ سکتی ہو۔

اچانک رشید نے نرم سے لہجہ میں کہا۔

" اندر جائیے خاتون...... اور خیال رکھیئے کہ اس قسم کی حرکتوں سے عورت کے عورت پن کو ٹھیس لگتی ہے"۔

اِس سے قبل کہ جمیلہ وہاں سے ہٹتی یا کچھ جواب دیتی۔ اچانک اس کا بھائی کریم گلی میں اس کے اور رشید کے درمیان آ کھڑا ہو گیا...... جمیلہ کی کچھ سمجھ میں ہی نہیں آیا۔ کریم نے جمیلہ کو گھور کر دیکھا پھر رشید کی طرف مڑ کر غصیلے لہجے میں بولا۔

" کیوں میاں؟...... تم نے بھی وہی حرکت شروع کر دی"

" جی.... !!" رشید حیران رہ گیا "کیا فرما رہے ہیں آپ؟"

تب جمیلہ کو ہوش آیا۔ یہ وہ سمجھ گئی کہ اس کا بھائی کریم آگیا ہے۔ لیکن اس کے پیروں کا تو جیسے دم ہی نکل گیا تھا۔ وہ پلٹ کر بھاگ بھی نہ سکی۔ کریم نے رشید کا گریبان پکڑ کر بیچ کھینچتے ہوئے کہا۔

" فرمانے کے بچے...... سالا اس گھر میں جو بھی آتا ہے، بدمعاش ہی آتا ہے۔ لچا لفنگا ہی آتا ہے"۔

" ارے ارے۔ جناب بات تو سنیئے"۔ رشید کا چہرہ غصہ اور بے عزتی کے احساس سے سرخ ہو گیا تھا۔

" بات سنوں گا...... سالے...... پہلے کوتوالی تو چل۔ بہت پریشان کیا ہے ان محلے والوں نے اب تو کسی حالت میں نہیں چھوڑونگا"

"ارے صاحب، سنئے تو، آپ کی بہن کو نصیحت کر رہا تھا"۔ رشید ہانپنے لگا۔

اس کا چہرہ کسی ایسے شریف آدمی کی طرح ہو رہا تھا جیسے کسی نے بھرے بازار میں جھوٹے چوری کے الزام میں گرفتار کرا دیا ہو۔ کریم نے اس کے منہ پر چانٹا مارتے ہوئے کہا۔

"نصیحت کر رہا تھا۔ تیرے گھر میں اماں بہنیں نہیں ہیں نصیحت کے لئے۔ میری ہی بہن رہ گئی تھی۔ ایسے پیغمبر کی اولاد۔ نصیحت کر رہا تھا"

پتہ نہیں رشید پر کتنے ہاتھ پڑ گئے۔ ...... لیکن اتفاق تھا کہ اس وقت گلی سنسان ہی پڑی تھی۔ زور سے ہنگامہ بھی نہیں ہوا اس لئے کوئی محلے والا نکل کر نہیں آیا۔ البتہ رشید کی بیٹھک کے دروازے پر سے ہی ایک بوڑھی اور لرزتی ہوئی سی آواز سنائی دی۔

"ہیں۔ ہیں۔ کیا ہو گیا رشید میاں؟"

"کیا ہو گیا۔؟" کریم نے غصہ میں بھرے ہوئے لہجہ میں کہا۔ "یہ پوچھو کہ کیا نہیں ہوا؟"

رشید ہکا بکا سا تھا۔ اس کا داہنا رخسار کچھ سوج گیا تھا۔ جمیلہ اندر بھاگ گئی تھی۔ لیکن ابھی تک اماں نہیں آئی تھیں۔ رشید کی بیٹھک سے بوڑھی عورت نے کہا۔

"ارے ...... بیٹے ذرا آہستہ بولو ...... بچے کا گریبان تو چھوڑ دو۔ شریفوں کی طرح بات کرو۔ بتاؤ تو کیا ہو گیا؟"

"آپ کا سپوت میری بہن سے عشق کر رہا تھا"۔ کریم زور سے بولا۔

"آپ کہتی ہیں، میں خاموش رہوں، زور سے نہ بولوں۔ ارے میں تو اس کا خون پی جاؤں گا۔ ابھی کوتوالی لے جا کر ٹکھٹی ترڑوا دوں گا"

"ہیں ہیں۔ بیٹے ایسی باتیں نہ کرو۔" بوڑھی کی آواز کپکپانے لگی۔ اتنے میں کریم کی اماں کی آواز دروازے سے سنائی دی۔

"ارے۔ کیا ہو گیا رے؟"

"ہو گیا تمہارا سر......" کریم غصہ سے بولا۔ "تم اماں ہو مگر اماں بننا نہیں آتا۔"

"اے بیٹے......" بوڑھی عورت نے التجا کی۔ "بچے کا گریبان تو چھوڑ دو......"

"گریبان سے تو میں اس کو ابھی کوتوالی لے جاؤں گا۔"

"ارے کوتوالی لے جائے گا۔ کرموں جلے، کچھ بتا تو سہی؟" اماں چیخ کر بولیں۔

رشید کی زبان تو جیسے سل گئی تھی۔ بوڑھی عورت نے اماں کو مخاطب کر کے کہا۔

"آیئے بہن۔ ذرا آپ ہی سمجھایئے...... جانتی ہوں، مردوں کو غصہ آ ہی جاتا ہے اور پھر ایسی بات ہو تو...... زیادہ غصہ آتا ہے آپ ذرا آیئے میرے پاس...... بیٹے بچے کا گریبان چھوڑ دو۔ میں تمہاری اماں سے ایک ضروری بات کرونگی۔"

"ارے چھوڑ دے رے۔ تجھے میرے دودھ کی قسم۔" اماں نے کہا کریم نے جھٹکے سے گریبان چھوڑتے ہوئے کہا۔

"چھوڑے دیتا ہوں۔ لیکن اسے بخشوں گا نہیں...... کوتوالی

ضرور لے جاؤں گا۔"

"پہلے میری بات سن لو۔ پھر چاہو تو کوتوالی لے جانا۔" بوڑھی عورت نے التجا آمیز لہجہ میں کہا۔ "آیئے بہن ذرا آپ یہیں آجایئے"

"جاؤ اماں سن لو۔" کریم نے کہا۔ "لیکن یہ مردود یہیں رہے گا۔"

رشید چوروں کی طرح کھڑا رہ گیا۔ اماں اندر جانے لگیں اور کریم فاتحانہ انداز میں بڑی سی انگڑائی لینے لگا۔ بوڑھی عورت اماں کو ہاتھ پکڑ کر اندر لے گئیں۔ ان کے گھر میں اور کوئی نہیں تھا۔ ان کے چہرے پر ایک نور سا ٹپک رہا تھا۔ گوری رنگت اور جھریوں پڑا چہرہ تھا۔ جسم پر تنگ مہری کا پاجامہ اور سفید کرتا اور سفید ہی دوپٹہ تھا ان کے چہرے پر اس وقت ہوائیاں سی اڑ رہی تھیں۔

انہوں نے اماں کو بٹھاتے ہوئے کہا۔

"بیٹھیے بہن۔ پڑوسی تو ایک دوسرے کے عزیز ہوتے ہیں، دکھ درد میں کام آتے ہیں۔"

"کیا کروں بہن؟" اماں نے ماتھا پیٹ کر کہا۔ "اس منحوس کا غصہ ہی خراب ہے۔ خدا غارت کرے کمبخت کو۔"

"نہیں بہن۔ وہ آپ کا بیٹا ہے۔ اسے کوسا مت دیجئے۔" بوڑھی عورت نے کہا۔ "میں جانتی ہوں۔ ایسے معاملات میں مرد کو غصہ آجانا چاہیئے۔ عورت ہو تو بات کو دبا لیتی ہے۔ لیکن مرد برداشت نہیں کرسکتا مگر بہن خدا رسول گواہ ہیں کہ میرا بیٹا انتہائی نیک اور ایماندار ہے۔ میں نے اس سے پہلے کبھی اس کی کوئی ایسی ویسی حرکت نہیں دیکھی۔ اس پر مجھے تعجب ہے کہ آج کیا ہوگیا۔ بہن میرا ایک ہی بیٹا ہے۔ میں بیوہ ہوں

اسی بیٹے کے سہارے زندگی کے باقی سانسیں پوری کر رہی ہوں۔ باپ دادا کے زمانے سے کبھی کوئی داغ نہیں لگا تھا۔ یہ داغ لگتا تھا لگ گیا۔ مگر کوئی بات تو ہو گی ہی جو رشید میاں کی نظر اٹھ گئی۔ خیر میں اپنی عزت سے زیادہ پڑوسیوں کی عزت سمجھتی ہوں۔ آپ کی لڑکی کی طرف میرے لڑکے کی نگاہ اٹھی ہے۔ میرا بس چلتا تو اس کی آنکھیں پھوڑ دیتی۔ سنکھیا کھلا کر سلا دیتی کہ اس نے ایسی حرکت کیوں کی؟ لیکن یہ مسئلہ دوسری طرح بھی حل ہو سکتا ہے۔ ہنسی خوشی اور سکون سے۔"

"تم کیا کہنا چاہتی ہو؟" اماں نے پوچھا۔

آپ خدا کے لئے کریم میاں کو روکئے کہ وہ کوتوالی کا خیال چھوڑ دیں خواہ مخواہ میری عزت تو خاک میں ملے گی ہی۔ مجھے تو پڑوسی کی بیٹی کی عزت اپنی عزت سے زیادہ عزیز ہے۔ قصہ کھڑا ہو گا تو سب سے زیادہ جمیلہ بیٹی کی ہی بدنامی ہو گی۔ اور میں یہ کبھی پسند نہ کرونگی۔ بس سے اچھا تو یہ ہو گا کہ اگر رشید نے جمیلہ کی طرف نظر اٹھا کر دیکھا ہی ہے تو پھر دو لول بول کر اسے گھر ہی لے آئے۔"

"ایں ......؟" اماں حیرت سے بوڑھی عورت کی طرف دیکھنے لگیں۔

"ہاں بہن ...... میں سچ کہہ رہی ہوں۔ اگر رشید میاں نے ادھر نگاہ اٹھائی ہے تو ان کی مرضی ہی ہو گی اور پسند بھی ہو گی۔ پھر میں تو صرف زبان کی محبت چاہتی ہوں۔ میں نہ ذات پات کی پرواہ کرتی، نہ کسی اور بات کی...... مجھے جمیلہ کو بہو بنانا ہر طرح سے

منظور ہے۔"

اماں حیرت کی زیادتی سے کچھ کہہ ہی نہ سکیں۔ بوڑھی عورت نے کہا۔

"میں چاہتی ہوں کہ بات پھیلنے سے پہلے ہی نکاح کر دیا جائے۔ تاکہ بات اُڑانے والوں کو اُڑانے کا موقعہ ہی نہ ملے۔ بعد میں کوئی کہے گا تو منہ پٹا کر ہی رہ جائے گا۔ آپ کریم میاں سے دریافت کر لیجئے۔"

"ہاں۔ پوچھ لوں اُس نگوڑے سے بھی۔"

اماں اُٹھ کر باہر آئیں اور کریم کا ہاتھ پکڑ کر بولیں۔

"چل۔ اندر چل۔"

"نہیں اماں۔" کریم اکڑ کر بولا "میں اس مردود کو نہیں چھوڑوں گا" رشید کھڑا ہوا تھر تھر کانپ رہا تھا۔ اماں نے کریم کی پیٹھ پر دو تھپڑ رسید کر کے کہا۔

"ارے چل تو اندر مر گئے بڑا چلا ہے۔ نہیں چھوڑنے والا۔"

کریم حیران رہ گیا۔ اماں اُسے گھسیٹتی ہوئی اندر لے گئیں۔ اندر لے جا کر انہوں نے کریم کو پلنگ پر بٹھا دیا۔ جمیلہ شاید کمرے میں گھس گئی تھی۔ اماں نے دروازے کی طرف دیکھ کر سرگوشیانہ لہجے میں کہا۔

"بس۔ نہ دیکھتا ہے نہ بھالتا ہے، ہاتھ اُٹھا لیتا ہے ہر ایک پر۔"

"آخر ہوا کیا.....؟" کریم نے حیرت سے پوچھا۔

"ارے مٹ گئے وہ جمیلہ کو بہو بنانا چاہتی ہیں۔"

"کیا ۔۔؟" کریم اچھل پڑا۔

"ارے ہاں - انہوں نے خود کہا ہے - رشید کے ساتھ نکاح کرنے کو انہوں نے شاید ہماری جمیلہ کو دیکھ لیا تھا - پہلے ہی سے ماشاء اللہ ہماری بیٹی صورت شکل سے لاکھوں میں ایک ہے - کسی ایسے ہی گھرانے کی بہو بننے کے لائق ہے"۔

"ارے واہ اماں" - کریم نے اماں کو گود میں اٹھالیا -

اندر جمیلہ کا دل خوشی سے دھڑک اٹھا تھا - اس کے تصور میں رشید کا معصوم چہرہ ابھر آیا تھا - وہ سوچ رہی تھی - اس بے چارے نے تو مجھے نصیحت کی تھی - بھائی جان انہیں مارنے پل پڑے - ہونہہ - جمیلہ نے سوچا یہ ہر ایک پر ہاتھ اٹھا دیتے ہیں ایسے کہیں کے گاماں پہلوان ہیں - جمیلہ کو کریم پر غصہ آگیا - اسے رشید کے سوجے ہوئے گال پر بڑا ترس آ رہا تھا - وہ سوچ رہی تھی - کاش اس وقت وہ رشید کے پاس ہوتی تو رشید کا رخسار سینک کر سہلاتی رہتی - بے چارے .....!

نو

اس کے دو روز کے اندر اندر رشید اور جمیلہ کا نکاح ہوگیا - رشید نے اپنی بوڑھی ماں کے سامنے ایک بار صفائی کے لئے زبان بھی کھولنی چاہی - لیکن انہوں نے اسے ڈانٹ کر خاموش کر دیا اور

رشید سچ مچ خاموش رہ گیا۔ کیونکہ رشید ان خود دماغ اور مغرور بیٹوں میں سے نہیں تھا۔ جو جوان ہوتے ہی اس بات پر مغرور ہو جاتے ہیں کہ ان کے ہاتھ پیر جوان ہیں۔ اگر ماں باپ انھیں گھر سے نکال دیں تو وہ زندگی گزار سکتے ہیں۔

رشید اُن بیٹوں میں سے تھا جو ماں کے سامنے نگاہ اُٹھا کر بات کرنا بھی نہیں جانتے۔ جن کے لئے ماں کا حکم خدا کا حکم ہوتا ہے۔ رشید کے باپ پیشکار تھے۔ وہ بچپن میں ہی مر گئے تھے۔ رشید کی ماں نے اپنی جائیداد اور زیورات بیچ بیچ کر رشید کو پڑھایا تھا۔ اور اب رشید ایک آفس میں دو سو روپے ماہوار کا ملازم تھا۔ اُس نے ایم اے کیا تھا۔

بہر حال.... رشید اور جمیلہ کا نکاح ہو گیا۔ یہ نکاح بڑی سادگی سے ہوا۔ کریم نے کارخانے سے ملے ہوئے پندرہ روپوں میں ہی نکاح کر دیا تھا۔ پانچ روپے کے جمعہ ہارے لایا تھا۔ دس روپے میں اوپر کا انتظام کیا تھا۔ رشید کی ماں اچھا جوڑا اور زیور لائی تھیں۔ اُسی روز رات کو سادگی سے جمیلہ رخصت کر دی گئی۔

اور جمیلہ جب رشید کے کمرے میں بیٹھی ہوئی تھی تو اس کا دل بڑے زور زور سے دھڑک رہا تھا۔ ایک دلھن جیسا حجاب اس کے چہرے پر موجود تھا۔ قریباً ساڑھے دس بجے کے بعد رشید کمرے میں داخل ہوا اس کے جسم پر ریشمی شیروانی اور پاجامہ تھا۔ سر پر پھولوں کا سہرا۔ رشید نے سہرا اُتار کر ایک طرف رکھ دیا۔ کمرے میں ہی وضو کیا اور جمیلہ کا دوپٹہ اُتار کر اُس پر نماز پڑھی۔ جمیلہ اُسے خاموشی سے ٹکٹکی

کی اوٹ سے دیکھتی رہی۔ اس سے قبل جب رشید اندر نہیں آیا تھا۔ تو جمیلہ کے دل میں گدگدی سی ہو رہی تھی۔

لیکن رشید اندر آ گیا تو گھونگھٹ کی اوٹ سے اُس نے رشید کا چہرہ دیکھا اور جمیلہ کا دل جیسے ایک لمحے کے لئے بند سا ہو گیا۔ اُس نے کبھی کسی مرد کے چہرے پر اتنا سکون اور ایسا نور نہیں دیکھا تھا۔ اُس نے مردوں میں بہت ساروں کو دیکھا۔ شرف الدین۔ رضی۔ فاروق۔ اس کا بھائی کریم اور سڑک پر سے گزرتے ہوئے بہت سے لوگ..... اُس نے خود رشید کو بھی دیکھا تھا لیکن اُس نے کبھی کسی مرد کے چہرے پر یہ بات نہ دیکھی تھی جو رشید کے چہرے پر تھی۔ ایک سعدیت، ایک سکون، ایک استقلال۔

نماز پڑھنے کے بعد رشید نے کافی دیر تک دعا مانگی۔ اس کے بعد وہ اُٹھا اور جمیلہ کا دوپٹہ اُس پر ڈال کر پائینتی بیٹھ گیا لیکن روایتی دلھنوں کی طرح جمیلہ نے جنبش تک نہ کی۔ وہ اس طرح بیٹھی رہ گئی۔ جیسے اس کا جسم کسی جادو کی مدد سے پتھر کا غیر متحرک جسم بنا دیا گیا ہے۔ اس کا سارا جسم برف کی طرح سرد ہو رہا تھا اور وہ خود کو ایسا مجرم محسوس کر رہی تھی جو چوری کرتے ہوئے پکڑا گیا ہو۔

رشید چند لمحے تک خاموش بیٹھا رہا۔ پھر دھیرے سے کھنکارا اور اُگالدان میں تھوک کر اُس نے جمیلہ پر ایک نظر ڈالی اور دھیرے سے بولا۔

"اُمید ہے..... تم اس نکاح سے خوش ہو گی"۔

جمیلہ کوئی جواب نہ دے سکی۔ اُسے جانے کیوں رشید سے ڈر سا

لگ رہا تھا۔ اس کا دل چاہ رہا تھا کہ ابھی اُٹھ کر بھاگ جائے۔

رشید نے پھر کہا۔

"آج سے پہلے تمہارے ساتھ یا میرے ساتھ جو کچھ بھی ہوا۔ اُسے اس طرح بھول جانا چاہیئے۔ جیسے شیشے پر پڑی گرد کو مخمل سے صاف کر دیا جاتا ہے۔ کیونکہ ہوتا وہی ہے جو خدا کو منظور ہوتا ہے۔ اُسے کوئی نہیں ٹال سکتا اور جو کچھ ہو چکا ہے اُسے بدلا نہیں جا سکتا ہے اس لئے ہمیں ماضی کی طرف پلٹ کر دیکھنے کی بجائے آگے کی طرف دیکھنا ہے اور یہ سوچنا ہے کہ ہم لوگ زندگی کس طرح خوش و خرم گزار سکتے ہیں۔"

ایک لمحے ٹھہر کر رشید نے کہا۔

"تمہارا میرا نکاح بھی ایک حادثہ ہی ہے۔ نہ اُس روز تم مجھے کنکری پھینک کر متوجہ کرتیں، نہ میں باہر آتا اور تمہارے بھائی دیکھتے اور نہ ایسا ہوتا۔ لہٰذا اس حادثے سے ہی میں خدا کی قدرت کا قائل ہو گیا ہوں۔ خدا کے گھر سے میری تمہاری جوڑی لکھ کر آئی تھی۔ حالانکہ حادثے سے پہلے وہم و گمان تک نہ تھا کہ ایسا ہو جائیگا لیکن ایسا ہو گیا۔

"اب تم میری شریکِ زندگی ہو اور میں تمہارا مجازی خدا۔۔۔۔ شوہر اور بیوی کی زندگی میں سب سے اہم چیز ہوتی ہے۔ مزاج کی یکسانیت۔ اگر مزاج جدا گانہ ہوں تو زندگی اجیرن ہو جاتی ہے میرا مزاج کیا ہے؟ یہ تم چند روز میں سمجھ لوگی اور تمہارا مزاج کیا ہے؟ یہ میں بھی جان جاؤنگا۔ لیکن اس کے ساتھ ہی تمہیں اتنی

جان کے مزاج کو بھی سمجھنا ہے کیونکہ امی ہی کی بدولت تم اس گھر میں بہو بن کر آئی ہو۔ اس کے علاوہ امی کا اس دنیا میں میرے تمہارے سوا کوئی نہیں ہے۔ ماں کے قدموں کے نیچے جنت ہوتی ہے۔ مجھے اپنی جنت حاصل کرنے کے لئے ماں کی خدمت کرنا ہے۔ لیکن مجھ سے زیادہ تمہیں خدمت کرنی ہے۔ کیونکہ تم میری بیوی ہو۔ شوہر کی خوشی کے لئے بیوی کو اس کی مرضی کے مطابق خود کو سانچے میں ڈھالنا پڑتا ہے۔ امی نے بہت دکھ اٹھائے ہیں۔ اب اُن کی عمر آرام کی ہے۔ اگر تم آرام دوگی تو میں سمجھونگا کہ تم نے مجھے آرام دیا۔ اور شوہر کو خوش رکھنے والی عورت قدرتی طور پر جنت کی حقدار ہوتی ہے۔

"اس کے علاوہ —— مجھے اس سے غرض نہیں کہ تم شادی سے قبل کیا تھیں؟ تمہارے حالات کیا رہے؟ حالانکہ اس محلے میں مجھے تمہارے بارے میں بہت کچھ معلوم ہوا ہے۔ تمہارا اور کسی شرف الدین کا میل جول، پھر اس گھر میں رہنے والے کسی رضی کا میل جول۔ اس کے بعد تمہارے گھر آنے والے تمہارے بھائی کے دوست فاروق کا اور تمہارا میل جول.... لیکن میں اس کے بارے میں سوچنا تک گوارا نہیں کرتا۔ کیونکہ عورت ہو یا مرد۔ ماں کے پیٹ سے کوئی آوارہ یا بدچلن نہیں پیدا ہوتا ہے۔ اُسے بدچلن بناتی ہے۔ بزرگوں کی چشم پوشی، بے احتیاطی اور لاپروائی۔ لہٰذا مجھے اس سے کوئی غرض نہیں کیونکہ میں سمجھتا ہوں کہ خدا کے گھر سے میری تقدیر میں تم ہی لکھ کر بھیجی گئی تھیں۔ پھر میں خدا سے شکوہ کیوں کروں؟ میں تقدیر پر شاکر رہنے کو بہتر سمجھتا ہوں۔

لیکن ساتھ ہی تم سے اتنی التجا ضرور کرتا ہوں کہ میری عزت کو اپنی عزت سمجھنا۔ آج سے تم میری منکوحہ ہو، اور شوہر سے بے وفائی کرنے والی عورتیں کبھی نہ دنیا میں خوش رہ سکتی ہیں اور نہ وہ دین ہی میں جگہ حاصل کر سکتی ہیں۔ اب تک تم جو کچھ لٹا چکی ہو، اُسے بھول جاؤ۔ لیکن اب تمہارے پاس جو کچھ بچا ہے، اُسے میری امانت سمجھ کر اس کی حفاظت کرنا۔ یہ میری التجا ہے، حکم نہیں۔ میں ایک شوہر سے زیادہ تمہارا دوست بننے کی کوشش کروں گا۔ میری طرف سے تمہیں ہر طرح کی آزادی ہے۔ تم جب اور جہاں چاہو جا سکتی ہو جب اور جس کے سامنے آنا چاہو آ سکتی ہو۔ جس سے تمہارا دل چاہے اُس سے پردہ کرو —— میری طرف سے تم پر کوئی پابندی نہیں ہے اور میری ہی طرح میری ماں بھی ہیں۔ وہ کبھی تمہیں ایسی ہی نصیحت کریں گی۔ میں نے بہت کچھ کہہ دیا۔ اگر تم عقلمند ہو گی تو آج کے بعد سے تمہیں اور کچھ سننے کی ضرورت نہیں پڑے گی"

رشید خاموش ہو گیا۔ لیکن جمیلہ اُسی طرح بت بنی بیٹھی رہی۔

دس

ان دنوں زوروں سے کریم کی شادی کی تیاریاں ہو رہی تھیں۔ ہونی کیا ہوتا؟ اماں نے محلے کی چند جاننے والیوں کو بلا کر سکینہ اور

جمیلہ کے ساتھ بیٹھ کر کریم کے سہرے گانے لگتی تھیں۔ ڈھول ختم ہونے پر کسی روز شکیلہ کچھ بانٹ دیتی تھی اور کسی روز جمیلہ کچھ بانٹ دیتی تھی
کریم کی شادی مولوی صاحب کی لڑکی رحمت بی سے ہی طے ہوئی تھی۔ اور اُس طرف بھی شادی کی تیاریاں شروع ہو گئی تھیں۔
کریم اس شادی سے بہت خوش تھا۔ لیکن آج کل اس کے حصے میں خوشیوں سے اُلجھنیں اور پریشانیاں آگئی تھیں۔ جس روز سے اُس نے فاروق کو اپنے گھر آنے کے لئے منع کیا تھا۔ اُسی روز سے بنئے نے اپنے ایک سو اسی روپوں کا تقاضا شروع کر دیا تھا اور اُسی روز سے بزاز نے اپنے اکھتر روپوں کا تقاضہ شروع کر دیا تھا۔
بزاز کے قرض کے بارے میں وہ لاعلم تھا۔ کیونکہ خود فاروق نے ہی اماں اور جمیلہ کے لئے کئی کئی جوڑے بنوائے تھے لیکن اب پتہ چلا تھا کہ وہ فاروق کسی بزاز سے اُدھار لایا تھا۔ ساتھ ہی فاروق نے بھی اپنے دو سو بانوے روپوں کا حساب بتایا تھا اور وہ بھی جلدی سے جلدی چکانے کے لئے کہہ رہا تھا۔
ایسی حالت میں کریم جتنا پریشان ہو جاتا وہ کم ہی تھا۔ جبکہ وہ ساٹھ روپے ماہوار کا ایک معمولی کاریگر تھا اور گھر پر اماں جو کام کیا کرتی تھیں۔ اب وہ اس لئے بند ہو گیا تھا کہ جمیلہ اپنے گھر کی ہو گئی تھی۔ اب اماں سے اکیلے کام نہیں ہوتا تھا۔ کریم کو پندرہ روپے ہفتہ ملتا تھا۔ لیکن ان میں سے نصف کے قریب مدار گیٹ کی بھول بھلیوں کی نذر ہو جاتا تھا۔ بھول بھلی جانے کی عادت سے وہ خود بھی پریشان تھا۔ لیکن رات ہوتے ہی اس کے قدم خود بخود بھول بھلی کی

طرف اُٹھ جاتے تھے۔

اسی اُلجھن کے دوران شادی کی تاریخ نزدیک آگئی۔ کریم کو یہ علم نہ ہو سکا کہ پیسے کا انتظام کہاں سے ہوا؟ حالانکہ بیاہ میں کوئی دھوم دھام نہ ہوئی تھی۔ بس کریم تو اپنے کارخانے کے ساتھیوں کے ساتھ مل کر دولہا بن کر رکشا میں بیٹھ کر گیا تھا اور دوسری رکشے میں دولھن کو بٹھا کر بیاہ لایا۔ مولوی صاحب نے جہیز میں صرف دولھن ہی دولھن دی تھی۔ لیکن اماں یا کریم کو جہیز وغیرہ کی پرواہی نہیں تھی۔ کریم کی بہنوں شکیلہ اور جمیلہ کو بھی جتنی خوشی بھابی کے آنے کی تھی، شاید کسی اور بات کی نہ تھی۔ ان دونوں نے مل کر ہی شادی کے لئے پچاس روپے اماں کو دیئے تھے۔ اور یہ بات کریم کو نہ شادی سے پہلے معلوم ہوئی تھی، نہ رخصت کے بعد ہی معلوم ہو سکی تھی۔ اُس نے خود بھی معلوم نہیں کیا تھا۔

پہلی رات کو دولھن کو سُرخ جوڑے میں سجا بنا کر پہلو والے کمرے میں بٹھا دیا گیا تھا۔ کریم اپنی دولھن کو دیکھنے کے لئے بیتاب تھا کیونکہ اُس نے رخصت کے بعد ست کولے کی رسم کے وقت دولھن کے ہاتھ دیکھے تھے۔ جن کی رنگت واقعی ملائی کی طرح تھی۔ جب اماں نے اُس گوری گوری مہندی رچی ہتھیلی پر مٹھا رکھ کر کچھ کہا تو کریم ہتھیلی ہی دیکھتا رہ گیا تھا اور شکیلہ منہ مار کر ہتھیلی صاف کر گئی تھی۔ کریم نے شکست کی جھینپ مٹانے کے لئے دولھن کی ہتھیلی پر تھوک دیا تھا اور دولھن نے جلدی سے ہاتھ سمیٹ لیا تھا۔ پھر پڑوس کی ان عورتوں نے قہقہے لگائے تھے جو کریم کے بیاہ میں شریک

ہوتی تھیں۔

اس کے بعد کریم اپنے کمرے میں لیٹا ہوا بیڑیوں پر پھونک رہا تھا۔لیکن اُسے کسی پل بھی چین نہ مل رہا تھا۔ اُسے رہ رہ کر شکیلہ جمیلہ اور پڑوس کی لڑکیوں پر غصہ آرہا تھا جو دولھن کو گھیرے ہوئے چھیڑ چھاڑ میں مصروف تھیں۔اس کا دل چاہ رہا تھا کہ وہ چیخ کر کہہ دے کہ اب دولھن کو کمرے میں بھیج دو۔اب اُسے صبر نہیں ہو رہا۔لیکن وہ ایسا نہیں کہہ سکتا تھا۔

رات کے ایک بجے تک وہ کروٹیں بدلتا رہا۔ایک بجے کے قریب شکیلہ نے دولھن کو کمرے میں دھکیلا اور باہر سے کواڑ بند کر دیئے۔کریم اُٹھ کر بیٹھ گیا۔اُس کا دِل اس طرح زور زور سے دھڑک رہا تھا کہ شاید پہلی بار رسلمی سے ملتے وقت بھی نہیں دھڑکا تھا۔

دولھن دروازے کے پاس ہی زمین پر اکڑوں بیٹھ گئی تھی اور کریم ہکا بکا سا اُسے دیکھتا سا رہ گیا تھا۔سُرخ کپڑوں کی وہ گٹھری کتنی پیاری لگ رہی تھی۔

دفعتاً کریم کو خیال آیا کہ دولھن بڑی دیر سے زمین پر بیٹھی ہے اور وہ جلدی سے اٹھا اور دولھن کے نزدیک پہنچکر بولا۔

"کیسے بیوقوف ہیں یہ سب زمین پر ہی بٹھا گئیں۔اٹھو،کپڑے خراب ہو جائیں گے۔"

حالانکہ دولھن کو کسی بے وقوف نے نہیں بٹھایا تھا۔وہ خود ہی بیٹھی تھی......کریم کے کہنے پر بھی چُپ چاپ بیٹھی رہی۔تب کریم نے سوچا کہ دولھن اپنے آپ کیسے اُٹھے گی؟ اس نے اُسے دونوں

بازوؤں میں گڑیا کی طرح اٹھالیا اور لاکر پلنگ پر بیٹھا دیا۔ بڑی ہلکی پھلکی اور روئی کے گالوں کی مانند جسم والی دولھن تھی۔ کریم نے دولھن کے پاس بیٹھ کر اس کا نرم و نازک ہاتھ اپنے ہاتھ میں لے لیا اور دھیرے سے بولا۔

"تمہارے ہاتھ بہت اچھے ہیں رحمت بی۔"

رحمت بی نے ہاتھ کھینچ لیا۔ کریم ہنس پڑا۔ لیکن فوراً ہی اُسے احساس ہوا کہ ہنسی بے تکی تھی۔ لہٰذا وہ خاموش ہو گیا۔ اور اس کے چہرے پر جھینپے جھینپے آثار پیدا ہو گئے۔ اس کی سمجھ میں ہی نہیں آیا کہ وہ کیا بات شروع کرے ؟ ویسے اب اس کا جسم سناٹوں کی آماجگاہ بن چکا تھا۔ اس کے تصور میں بار بار سلمیٰ اور رضیہ کے چہرے اُبھرتے اور ڈوب جاتے۔ ان کے سفید مرمریں چمکیلے جسم اُبھرتے اور ڈوب جاتے اور وہ اپنے دل میں ایسی بے قراری محسوس کرنے لگتا جیسے رحمت بی اس کے سامنے سلمیٰ اور رضیہ کا مرکب بن کر آئی ہو..... بہت دیر تک صبر کرتے رہنے کے بعد رفتہ رفتہ صبر پھر بے صبری پر حاوی ہو گیا۔ جھینپ اور جھجک پر جذبات غالب آ گئے..... آنکھوں کی تپش میں پردہ سا تن گیا۔ اور اُس نے بے اختیار ہو کر رحمت بی کا دوپٹہ کھینچ کر پھینک دیا۔ رحمت بی نے ہاتھوں سے مُنہ چھپا لیا۔

لیکن کریم پر پاگل پن سوار ہو چکا تھا۔ اب اسے اپنے جذبات کے علاوہ کسی بات کا احساس نہیں رہ گیا تھا۔ اور پھر اس رات جب کریم تھک کر لیٹا تو اس نے بڑے اچھے اچھے خواب دیکھے۔ اور سلمیٰ کے ساتھ کی راتوں کے بعد پہلی بار کریم نے خود کو خواب میں شہزادہ بنا ہوا

دیکھا۔ اور رحمت بی کو رقاصہ...... ایک شہزادی رقاصہ.... جو کریم کے سامنے ناچ رہی تھی۔ پھر ناچتے ناچتے وہ دھوئیں کے بادلوں میں اوجھل ہو گئی۔ شہزادہ چیخ پڑا۔

"رحمت بی...... !"

اور پھر کریم کی آنکھ کھل گئی۔ کریم نے گھبرا کر رحمت بی کو ٹٹولا ...... رحمت بی اس کے پہلو میں ہی پڑی ہوئی تھی۔ کریم کو اس پر اتنی محبت آئی کہ اس نے رحمت بی کو آہستگی سے چمٹا لیا اور پیار کر کے آنکھیں بند کر لیں۔ اس وقت رحمت بی کی موجودگی سے اُسے اس قدر سکون مل رہا تھا کہ شاید زندگی کے کسی دور میں نہ ملا تھا۔ اور اسی حالت میں سو گیا.... اور کیف و سرور کے سمندر میں غوطے کھاتا رہا۔

گیارہ

کسی نے کریم کو آواز دی۔ کریم کا ہاتھ نوالہ لے کر منہ تک جاتے جاتے رُک گیا۔ یہ تیسرا ہی نوالہ تھا۔ ابھی اس کی بھوک بھرنے کا سوال ہی نہیں پیدا ہوتا تھا۔ اماں نے دروازے کے نزدیک جا کر پوچھا۔

"کون ہے؟"

"میں ہوں اُدھار چند۔" باہر سے آواز آئی "ذرا کریم کو بھیج دو"
کریم نوالہ رکھ کر اُٹھنے لگا تو رحمت بی نے کہا۔ "ارے کھانا تو کھالو۔"
"ابھی آتا ہوں۔"
کریم باہر آگیا۔ اُدھار چند وہی بنیا تھا۔ جس کا ایک سو اسی روپیہ اس کی طرف نکلتا تھا۔ بنئے نے ناک بھویں سکیڑ کر کہا۔
"کریم جی۔ اب بہت دن صبر کر چکا ہوں، آخری بار کہنے آیا ہوں اگر ایک ہفتے تک روپے نہ پہنچے تو نالش کر دوں گا۔ گھر کی قرقی کرالوں گا"
"ارے ہاں کرا دینا۔" کریم کو غصہ آگیا۔
"دیکھوں گا بیٹے۔ یہ سب اکڑ دھری رہ جائے گی، جب گھر کا سامان اُٹھ اُٹھ کر جائے گا۔"
بنیا کچھ دیر تک اور اکڑتا رہا لیکن اس کے بعد کریم خاموش ہی کھڑا رہا۔ کیونکہ اُسے اپنی غلطی کا احساس ہو گیا تھا۔ وہ تو قرضدار تھا۔ اس لئے اُسے اکڑنا نہیں چاہیئے تھا۔ نرمی سے بات کرنی تھی۔ بنیا اکڑ کر چلا گیا اور کریم نشست گاہ میں چلا آیا۔ اس کی بھوک بھی ختم ہو چکی تھی اماں نے اور رحمت بی نے کھانے کو پوچھا بھی لیکن کریم نے انکار کر دیا اور کمرے میں جا کر لیٹ گیا۔ اس وقت رات کے نو ساڑھے نو بجے تھے۔ سردیوں کے دن تھے۔
کریم کی شادی کو چھ مہینے کے قریب گزر چکے تھے۔ ان چھ مہینوں میں کریم کو تقاضے تو بہت سہنا پڑے تھے۔ لیکن پچھلے ایک ہفتے سے ان تقاضوں کی تعداد بھی بڑھ گئی تھی اور لہجوں میں سختی بھی آگئی تھی۔ یہ بنیا تو قریب قریب روزانہ ہی آیا کرتا تھا۔ اب کپڑے والا بھی اپنے اکھتر روپوں کے تقاضے کے لئے

روزانہ آنے لگا۔ اور یہ لیگ بات کو ہی آتے تھے کیونکہ جانتے تھے کہ رات کو ہی کریم گھر پر مل سکے گا۔ البتہ فاروق گھر پر آ کر کبھی تقاضہ نہیں کرتا تھا ویسے بھی اس کا گھر آنا جانا نہیں تھا لیکن وہ روزانہ کر کے کارخانے جایا کرتا تھا اور کریم سے اپنی مجبوریاں ظاہر کرتا تھا۔ کام کی کمی بتاتا تھا اور کہتا تھا کہ ان دنوں اُسے روپیوں کی سخت ضرورت ہے۔ کریم کو کہیں نہ کہیں سے انتظام ضرور کرنا چاہیئے۔

کریم ان سب سے ہی جلدی سے جلدی ادائیگی کا وعدہ کر لیتا تھا لیکن وہ جانتا تھا کہ اتنے روپے وہ تمام زندگی نہ ادا کر سکے گا...... کر بھی کیسے سکتا تھا؟ اُسے ساٹھ روپے ماہوار کی آمدنی تھی۔ اِسی آمدنی میں وہ گھر کا خرچہ چلاتا تھا۔ اپنا پان بیڑی کا بھی خرچہ پورا کرنا پڑتا تھا پھر نئی نئی شادی ہوئی تھی۔ دولھن کے لئے پھل دودھ وغیرہ بھی لانا ضروری ہوتا تھا۔ یہی ساٹھ روپے اس مہنگائی کے دور میں پورے ہونا مشکل تھے۔ اور بادپر سے قرضخواہوں کے تقاضے کریم بعض اوقات بہت ہی مایوس ہو جاتا تھا تو عجیب عجیب باتیں سوچنے لگتا تھا۔

آج بھی وہ ایسے ہی پڑا ہوا کروٹیں بدل رہا تھا اور سوچ رہا تھا کہ یہ قرضہ کیسے اتر سکے گا؟ قریباً ساڑھے دس بجے اُس نے پیجل سُنی اور کریم کے کان کھڑے ہو گئے۔ پھر اس نے رحمت بی کو کمرے میں داخل ہوتے ہوئے دیکھا۔ رحمت بی کے ہونٹوں پر بڑی اچھی سی مسکراہٹ تھی۔ کریم کو مسکرانے کا یہ ڈھنگ بہت پیارا لگتا تھا۔ جب رحمت بی رات کو اِسی انداز میں مسکراتی ہوئی کمرے میں داخل ہوتی تھی

تو وہ اپنا سارا دکھ بھول جاتا تھا۔ تمام دن کی تھکن فراموش کر بیٹھتا تھا۔ قرضخواہوں کے تقاضے فراموش کر دیتا تھا۔ اور رحمت بی کے مسکرانے کے انداز میں کھو جاتا تھا۔ رحمت بی اُسے تسلیاں دیتی تھی رحمت بی فطری طور پر شریف تھی اور شوہر کو صحیح معنوں میں مجازی خدا ہی مانتی تھی کیونکہ وہ ایک ایسے ماحول سے نکل کر آئی تھی۔ جہاں اُسے ہر وقت خدا، قرآن اور رسول کی باتیں سننے کو ملتی تھیں۔ حدیث کی تفسیریں سننے کو ملتی تھیں۔ شرعی مسائل سنائے جاتے تھے لہٰذا اس کا دھیان بری باتوں کی طرف جا ہی نہیں سکا تھا اور نہ وہ دنیا کی اس عجیب و غریب رسم سے ہی واقف تھی۔ لیکن شادی کے بعد واقف بھی ہوئی تھی تو اس کا خدا کی طرف مائل دل ان رسموں سے رُبا رُبا سا رہتا تھا۔ وہ اُکتائی اُکتائی سی رہتی تھی۔ لیکن اب وہ کریم کی زبردستی کی عادی سی ہو گئی تھی۔

رحمت بی اپنی سُنی ہوئی تعریفوں کے مطابق ہی کام کاج میں بہت ہی تیز نکلی تھی۔ اُس نے شادی کے ایک ماہ بعد سے ہی گھر سنبھال لیا تھا اور اب تو وہ اماں کو پلنگ سے پاؤں بھی نیچے اُتارنے دیتی تھی۔ روزانہ اماں کے سر میں تیل ڈالتی تھی۔ بالوں میں کنگھی کرتی تھی گھر کی روٹی ہنڈیا اور جھاڑو برتن سب کچھ اس نے اپنے ذمہ لے لئے تھے۔ اپنی اس بہو کے اس انتخاب پر خود اماں بہت ہی خوش تھیں وہ سوچتی تھیں کہ واقعی رحمت بی نے آکر اس گھر کو جنت بنا دیا ہے۔ وہ خوش نصیب ہیں جن کو ایسی بہو یا بیوی مل جائے۔

رحمت بی میں جب شروع شروع میں آئی تھی تو اس نے صوم و

صلوٰۃ کی پابندی کا حتی الامکان خیال رکھا تھا۔ پانچوں وقت کی نماز پڑھتی تھی۔ کبھی کبھی تسبیح بھی پڑھا کرتی تھی۔ اگر اُسے غسل کی حاجت ہوتی تھی تو چاہے کتنی ہی ٹھنڈ کیوں نہ ہو، وہ صبح ہی نہا کر فجر کی نماز بھی پڑھا کرتی تھی۔ لیکن کریم کے لاابالی موڈ کی وجہ سے اس کی زندگی کے روزمرہ میں فرق پڑتا جا رہا تھا۔ پہلے کوئی نماز قضا نہیں ہوتی تھی۔ لیکن اب وہ دن کے کام کاج سے تھک کر سوتی تو صبح ہی آنکھ کھلتی۔ علی الصباح وہ اگر جاگ بھی رہی ہوتی تھی تو کاہلی کی وجہ سے اس کا آنکھیں کھولنے کو دل نہ چاہتا تھا اور وہ مؤذن کی آواز سُن کر آنکھیں اور زور سے بند کر لیتی تھی، لیکن دن کی نمازیں جاری رہی تھیں۔ چاہے کچھ کام کر رہی ہو۔ اگر نماز کا وقت ہو گیا تو فوراً اٹھ کر نماز پڑھنے لگتی۔ لیکن اب وہ کبھی کبھی نماز کا وقت ہی بھول جاتی اور کام میں مصروف رہتی۔ لیکن یاد آنے پر دوسرے وقت کے ساتھ قضا پڑھ لیتی۔ رفتہ رفتہ قضا کا خیال جاتا رہا۔ پھر وہ نمازیں مسلسل بھولنے لگی اور اب ..... اب تو کبھی کبھی جمعرات کو مغرب کی نماز ضرور پڑھ لیتی تھی، ورنہ اُسے موقع یا فرصت ہی نہ ملتی تھی کہ نماز پڑھے۔

رحمت بی کو مسکراتے دیکھ کر کریم کا دل باغ باغ ہو گیا تھا۔ وہ اپنے ہونٹوں پہ بڑی محبت کرنے والی مسکراہٹ پیدا کر کے رحمت بی سے بولا۔

"آج تو بہت ہی اچھی لگ رہی ہو۔"

"تم تو روز ہی ایسے کہتے ہو۔" رحمت بی نے اس کے پاس بیٹھتے ہوئے کہا۔

"تو تم روز ہی اچھی لگتی ہو۔" کریم نے دھیرے سے ہنس کر کہا۔

"ہشو...... " رحمت بی نے منہ بنا کر کہا۔ "تم نے روٹی پیٹ بھر کر کیوں نہیں کھائی؟ سچ مانو میں کھانے بیٹھی تو نوالہ حلق سے اُترنا مشکل ہو گیا۔"

اچانک کریم کو اُدھار چند کے ایک سو اسی روپے یاد آگئے اور اس کا دل ڈوب سا گیا۔

ایک طرف اُدھار چند کی نالش تھی۔ گھر کی قرقی تھی تو دوسری رحمت بی کی سکون بخش قربت۔

کبھی رحمت بی کی قربت کا احساس کامل ہو جاتا تھا تو کبھی گھر کی قرقی کا۔ اور پھر جب گھر کی قرقی نے پیچھا نہ چھوڑا تو وہ آنکھیں بند کر کے لیٹ گیا۔

رحمت بی کسی اور خیال میں غرق تھی...... پندرہ منٹ کے بعد رحمت بی نے کسمسا کر کروٹ بدلی اور دھیرے سے کریم کے گالوں پر ہاتھ پھیر کر پوچھا۔

"کیا سو گئے......؟"

"ایں، نہیں تو۔" کریم چونک پڑا۔

"اجی۔ میں سوچتی ہوں، یہ اُدھار چند اور بزاز کے قرضے کا ہوگا کیا......؟"

"ہوں...... " کریم نے ٹھنڈی سانس لی۔ "یہی میں بھی سوچ رہا ہوں۔"

"جب کوئی ذریعہ ہی نہیں تو اُترے گا کیسے؟ ساٹھ روپے میں

تو گھر کا خرچہ ہی دو بھر ہو جاتا ہے۔

"پتہ نہیں قسمت میں کیا لکھا ہے؟"

"تو یہ کرو جی قسمت کو کچھ نہ کہو۔"

"کیوں.....؟" کریم نے حیرت سے پوچھا۔

"قسمت تو خدا کی دی ہوئی ہوتی ہے۔ لیکن انسان اُسے اپنے ہاتھ سے ہی بناتا بگاڑتا ہے۔"

"اپنے ہاتھ سے کیسے؟"

"ایسے ہی..... اب اگر آپ اُدھار چند سے اُدھار نہ لاتے، کپڑے اُدھار نہ بنواتے تو یہ تقاضے تھوڑے ہی کرتے۔ آخر اب بھی تو خرچہ چل ہی رہا ہے کسی نہ کسی طرح۔"

کریم کچھ نہ بولا۔ اس کی سمجھ میں رحمت بی کی یہ بات ضرور آ گئی تھی کہ آج کل وہ ساٹھ روپے میں گھر کا خرچہ تنگی ترشی سے پورا کر رہے ہیں۔ لیکن جس زمانے کا یہ قصہ ہے، اُس زمانے میں تو ساٹھ روپے ماہوار اس کی آمدنی کے علاوہ اماں اور جمیلہ کے بکسوؤں میں پن ڈالنے کی آمدنی بھی تھی۔ اگر وہ لوگ فاروق کی باتوں اور چکنی چپڑی باتوں میں آ کر رہ میں نہ بہے ہوتے تو یہ سب کچھ نہ ہوتا۔ زندگی کتنے عیش سے گزر رہی ہوتی۔ ایک اچھا سا گھرانہ تھا۔ ایک بیوی۔ جو دُنیا کی ہر ہستی سے زیادہ پیاری تھی۔ ایک ماں جیسے رُوکھی سُوکھی دو روٹیاں دونوں وقت پوری ہو جاتی تھیں۔

اور کریم کا خیال فاروق کی طرف چلا گیا۔ فاروق نے ہی اُسے بُری راہ پر ڈالا تھا۔ اُس نے سوچا۔ بُرے دوست کی صحبت ہی

بُری ہوتی ہے۔ اگر وہ فاروق کے چکر میں نہ آتا تو رضیہ کے پاس نہ جاتا پھر اُسے رضیہ سے بچھڑنے کے بعد مدار گیٹ کی عادت نہ پڑتی۔ جہاں جاکر وہ شادی سے پہلے خود بھی کافی دنوں تک ایک دو روپے یومیہ خرچ کرتا رہا تھا۔ اور وہاں سے اسے ملا کیا، اس احساس سے ہی اس کے جسم کے رونگٹے کھڑے ہوگئے اور تمام جسم لرز اُٹھا۔

کریم سوچتا رہا۔ اُس نے رحمت بی کو بے چینی سے کروٹیں بدلتے ہوئے محسوس کیا اور رحمت بی کے نرم و نازک وجود پر اُسے ایک دم پیار سا آگیا۔ اور اس نے سوچا کہ کیا لڑکیاں اپنے ماں باپ کے گھر سے شوہروں کے ہاں اسی لئے آتی ہیں کہ دُکھ اور مصیبت میں زندگی گزاریں، اسے اپنے اوپر بڑی نفرت آئی کہ وہ اپنی اس نرم و نازک سی بیوی کو دنیا کا کوئی بھی آرام مہیا نہیں کر سکتا ہے۔ لیکن کچھ ہی دیر بعد یہ احساس جذبات کے طوفان میں بہہ گیا۔

بارہ

کریم کی جیسے جان ہی نکل گئی۔

اس کے ہاتھوں میں ایک دم پھرتی ختم ہوگئی تھی۔ فاروق کو دیکھ کر ہمیشہ اس کا یہ حال ہو جاتا تھا۔ جب کبھی فاروق کارخانے میں نظر

آجاتا تھا۔ اس کے ہاتھ پریس پر ڈھیلے پڑجاتے تھے۔ لیکن وہ فاروق کو دیکھ کر زبردستی مسکرا تا ضرور تھا۔ اس وقت بھی فاروق کو دیکھ کر وہ مسکرایا۔

"آؤ۔ فاروق بھائی .... بیٹھو۔"

"السلام وعلیکم"۔ فاروق تہمد سنبھال کر بیٹھتے ہوئے بولا۔

"وعلیکم السلام"۔ کریم نے ہاتھ روک کر برابر لٹکے ہوئے کرتے کی جیب میں ہاتھ ڈال کر بیڑی کا بنڈل نکالتے ہوئے کہا۔ "لو بیڑی پیو۔"

فاروق نے بیڑی لے کر سلگائی، کریم نے بھی ایک بیڑی سلگائی۔ اور بے جان سی مسکراہٹ کے ساتھ فاروق سے بولا۔

"کیسے آنا ہوا ......؟"

"کیا بتاؤں کریم میاں؟" فاروق نے کہا۔ "تم جانتے ہی ہو۔ آجکل میں کتنا پریشان ہوں۔ آج کل جرڈیوں کی مارکیٹ بڑی ڈھیلی پڑ گئی ہے۔ کچھ کام ہی نہیں مل رہا ہے۔"

کریم نے اثبات میں گردن ہلادی۔ حالانکہ وہ جانتا تھا کہ آج کل جرڈیوں کا کام جتنا شاندار جا رہا ہے اور کسی کاریگر کا نہیں۔ فاروق نے کہا۔

"اب تم جانو۔ مجھے بھی خرچہ کرنا ہی ہے۔ ایسے وقت میں اپنے ہی پیسے یاد آتے ہیں۔"

"میں جانتا ہوں فاروق بھائی۔" کریم نے مرے مرے ہاتھ چلاتے ہوئے کہا۔ "لیکن میں بے فکر نہیں بیٹھا ہوں۔ تم لوگوں کا قرضہ دینے کی پوری پوری کوشش کر رہا ہوں۔"

"لیکن صرف کوشش اور فکر سے تو قرضہ ادا نہیں ہوگا۔"

یہ بات بھی ٹھیک تھی۔ لیکن کریم اس بات کا جواب نہ دے سکا۔

فاروق نے کہا۔

"میں جانتا ہوں، ادھار چند اور کپڑے والے نے بھی تقاضے سخت کر دیئے ہیں۔ لیکن اب میں بھی اُن سے کچھ نہیں کہہ سکتا۔ ایک بار میں نے انہیں سمجھایا تھا۔ کہ روپے مارے نہیں ہیں۔ مل جائیں گے تو انہوں نے کہا تھا کہ ہمیں جلدی چاہیئے۔ جب میں نے کہا کہ وہ نہیں دے گا تو میں دے دوں گا۔ کیونکہ میں ضمانتی ہوں تو انہوں نے کہا تھا کہ اچھے ضمانتی ہو۔ تعلقات تک تو اچھے ہیں نہیں۔ آج گھر کا آنا جانا بند ہوا ہے۔ کل کریم سے بات چیت بند ہو جائے گی۔ پھر کیا ہمیں دے دو گے۔ اب تم ہی بتاؤ کریم بھائی......؟"

کریم کچھ نہ بولا...... وہ سوچ رہا تھا۔ واقعی جب فاروق سے یارانہ تھا۔ تو کوئی بھی تقاضہ نہ کرتا تھا۔ لیکن جب سے فاروق سے یارانہ کم ہوا ہے تو یہ لوگ تقاضہ بھی کرنے لگے ہیں۔ خود فاروق بھی تقاضہ کرنے لگا ہے۔ کریم نے کچھ سوچ کر کہا۔

"کیا بتاؤں فاروق بھائی۔ خدا کی قسم۔ میرے دل میں تو تمہارے لئے وہی پہلے جیسا پیار ہے۔ میں تو اب بھی تم سے پہلے ہی کی طرح ملنا بیٹھنا چاہتا ہوں۔ لیکن کبھی کبھی اماں کی غلط فہمی سے ڈرتا ہوں"۔

"اماں کو تو خواہ مخواہ غلط فہمی ہو گئی"۔ فاروق کے لہجے میں ذرا زور آ گیا۔ "اگر اماں مجھے کسی وقت مل جائیں تو میں ان کے پیروں پر گر جاؤں"۔

"اچھا..... فاروق بھائی۔" کریم نے کہا "میں اماں سے ذکر کرونگا۔ اور حتی الامکان تمہاری صفائی کی کوشش کروں گا۔ فکر نہ کرو۔ اللہ نے چاہا تو تمہاری صفائی ہی کرا کر مانوں گا۔"

"میں تو اب بھی تمہارا دوست ہوں۔ ہر طرح سے مدد کے لئے تیار ہوں۔ اماں خواہ مخواہ غلط فہمی میں پڑ گئی تھیں۔ میں تو تمہیں اپنا بھائی اور اماں کو اپنی اماں سمجھتا ہوں۔ میرا کوئی عزیز نہیں ہے میں تو تم ہی لوگوں کو اپنا عزیز سمجھتا ہوں۔"

فاروق کے لہجہ نے کریم کے دل میں ایک بار پھر پرانے یارانے کے جذبے نے جوش مارا۔ اور اس نے کہا۔

"میں خود ہی تمہیں بڑا بھائی سمجھتا ہوں۔ میں اماں کو ضرور سمجھاؤنگا اچھا..... اب میں چلوں گا۔ ہاں، تم میرے پیسوں کی فکر نہ کرنا۔ میں کوشش کر کے خرچہ چلا ہی لیتا ہوں۔ اکیلا ہوں۔

"اور ہاں۔ میں ادھار چند اور کپڑے والے سے بھی کہہ دونگا۔"

"بہت اچھا فاروق بھائی۔ میں آپ کا شکر گزار ہوں گا۔"

"ارے واہ۔ شکریے کی کیا بات ہے؟ آخر ہوں تو تمہارا دوست؟"

پھر فاروق چلا گیا اور کریم نے اطمینان کا سانس لیا۔ اُسے ایسا لگنے لگا تھا، جیسے اس کے سر سے ایک بوجھ سا اُتر گیا ہو......

اب اس کے ہاتھ پریس پر جلدی جلدی چل رہے تھے۔ شام کو جب وہ کارخانے سے چلا تو وہ بہت مگن تھا۔ اُس نے بیڑیوں کا بنڈل خریدا اور پان لے کر کاغذ میں رکھ لیا۔ آج کئی ماہ کے بعد اس نے پان خریدا تھا۔ بیڑی پیتا ہوا وہ گھر کی طرف چل دیا۔

وہ آج مگن تھا اس لئے اُسے فکر نہ تھی۔ گھر پہنچ کر اماں نے اس کی خوشی کو محسوس کیا۔ اور پوچھا۔

"آج بڑا خوش نظر آرہا ہے۔"

"ہاں اماں۔" کریم نے ہنس کر کہا۔ "آج فاروق بھائی کارخانے آئے تھے۔"

"پھر۔؟" اماں نے چونک کر پوچھا۔

"انہوں نے کہدیا ہے کہ وہ آدھار چند اور کپڑے والے سے کہدیں گے۔"

اماں کسی سوچ میں ڈوبی رہ گئیں۔ وہ کچھ فکر مند سی بھی نظر آرہی تھیں۔ کریم نے کہا۔

"اماں۔ فاروق بڑا اچھا یار ہے۔ تم نے خواہ مخواہ اُس پر شک کیا تھا۔"

"ہوگا یار وار۔" اماں بگڑ کر بولیں۔ "اُس کا ذکر مجھ سے نہ کر۔"

"اماں تم اب تک اس کے بارے میں پہلے کی طرح سوچ رہی ہو؟"

"میں نے اپنی آنکھوں سے دیکھا تھا۔"

"وہ سب جھوٹ تھا۔ تمہاری بیٹی ہی تیری۔ ...."

کریم کو غصہ آگیا۔

"ہائے ہائے۔ تجھ پر خدا کا غضب ٹوٹے۔ کلموئے۔ تو اپنی زبان سے اپنی بہن کے لئے ایسی باتیں کر رہا ہے؟"

"بہن ہوئی تو کیا ہوا؟ سچی بات کہی ہی جائے گی۔ وہ تو اس

قابل تھی، گردن مار دیتا۔ اگر فاروق بدمعاش تھا، وہ شرف الدین اور رضی سے کیوں پھنسی تھی۔ رشید سے کیوں پھنسی تھی؟"

اماں کوسنے پیٹنے لگیں۔ رحمت بی حیرت سے ان کا جھگڑا سُن رہی تھی۔ لیکن وہ کچھ بولی نہیں۔ سالہا سال مہینہ تھا۔ آ سے یہاں آئے ہوئے۔ اُس نے پہلی بار یہاں پر یہ جھگڑا دیکھا تھا۔ اور جمیلہ کے بارے میں ایسی باتیں سُنی تھیں۔ رحمت بی کی آنکھیں پھٹی رہ گئیں۔ کریم نے کہا۔

"کان کھول کر سُن لو اماں۔ میرا دوست بھروسے کا آدمی ہے اور اب تمہاری بیٹی اپنے سُسرال چلی گئی ہے۔ میرا یار اب گھر آئے گا۔ اور ضرور آئے گا...... بھلا آج کی دنیا میں ایسا دوست ملے گا جو دوسو بانوے روپے کا اپنا قرضہ مانگنا چھوڑ دے اکھتر روپے اور ایک سو اسی روپے کی ایک ضمانت لے لے۔ اگر وہ ان لوگوں کو نہ چُپ کرائے گا۔ تو یہ لوگ ترقی نہ کرالیں گے"

اماں صرف رو پیٹ کر رہ گئیں۔ رحمت بی کچھ نہ بولی۔ اُسی رات کو جب رحمت بی اور کریم سونے کے لئے لیٹے تو رحمت بی نے حیرت سے پوچھا۔

"یہ جمیلہ کا کیا قصہ تھا؟"

"قصہ کیا تھا؟" کریم نے منہ بنا کر کہا۔ اپنی بہن تھی، نہیں تو گولی مار دیتا۔ گردن دبا دیتا۔ خدا کسی بھائی کی بہن کو آوارہ نہ بنائے۔"

پھر کریم نے جمیلہ، شرف الدین، جمیلہ رضی، اور جمیلہ فاروق

کی داستانیں رحمت بی کو سنا ڈالیں اور رحیم جمیلا اور رشید کا رومان بھی بڑھا چڑھا کر اور نمک مرچ لگا کر سنایا اور رحمت بی نے حیرت سے کہا۔

"اف فوہ۔ میں تو جمیلہ کو بڑا اچھا سمجھتی تھی۔ آج کل کیسی پرہیزگار بنی رہتی ہے۔ ساس اور خاوند کی ایسی خدمت کرتی ہے، جیسے بہو بیوی نہ ہو ملازمہ ہو اور سر پہ آنچل پڑا رہتا ہے۔ آنکھوں میں اور چہرے پر شرافت برستی ہے۔ پنج وقتہ نمازن بھی بن گئی ہے۔ اس کے سسرال والے تو اس کی تعریفوں کے پل باندھ جاتے ہیں۔ قریب قریب سب اس سے خوش ہیں۔"

"ہوں گے۔" کریم نے برا سا منہ بنایا۔ "سب دکھاوا ہے۔ ہم کیا جانتے نہیں ہیں، وہ کیسی عورت ہے۔"

کریم اپنی بہن کے لئے اس وقت ایسی باتیں کر رہا تھا جیسے کسی غیر عورت کے لئے کر رہا ہو...... رحمت بی خاموشی سے سنتی رہی اسے واقعی ایسی حیرت ہو رہی تھی، جیسے اس نے کوئی عجیب سی باتیں سن لی ہوں۔ وہ خاموشی سے کریم کے پہلو میں لیٹی ہوئی تھی۔ اور کریم سوچ رہا تھا کہ اب ادھار چند اور کپڑے والا اس سے اس سے تقاضہ نہیں کرے گا۔ اب فاروق خود بھی اس سے تقاضہ نہیں کرے گا۔ فاروق آخر کار اس کا دوست ہی ہے۔

رحمت بی نے ہاتھ پیر تان کر ایک انگڑائی لی اور اٹھ کر بیٹھ گئی کریم نے چونک کر پوچھا۔

"کیا بات ہے......؟"

"کچھ نہیں۔" رحمت بی نے اپنی مخصوص مسکراہٹ کے ساتھ کہا۔ "لاؤ، تم تھک گئے ہوگے۔ تمہاری ٹانگیں دبا دوں۔ بیٹھے رہنے سے بھی کبھی درد ہونے لگتا ہے۔"

کریم سوچ میں تو تھا ہی مسکرا کر چپ ہو گیا۔ رحمت بی نے کریم کی طرف کچھ دیر ایسی پُرامید نگاہوں سے دیکھا جیسے کچھ چاہتی ہو لیکن کریم سوچ میں مشغول تھا۔ رحمت بی گردن جھٹک کر پیر دبانے لگی۔ ادھر قریب قریب ایک ہفتے سے ایسا ہی ہو رہا تھا۔ کریم لیٹتا تو سوچ میں ڈوبا ڈوبا سا...... اور اب اس کے انداز میں وہ گرمجوشی اور جوش وخروش نہ ہوتا تھا۔ پھر لیٹنے کے بعد تھوڑی دیر تک رحمت بی کو یونہی لیٹے رہنا پڑتا

اُس روز رحمت بی قریباً ڈھائی تین بجے تک کروٹیں بدلتی رہی اور سوچتی رہی کہ کریم کو ہو کیا گیا ہے۔ وہ زندگی کی پرجوش گرمی ختم کیسے ہو گئی ہے۔ لیکن اسے کوئی جواب نہ مل سکا آخر بڑی مشکل سے تین بجے کے بعد اُسے نیند آئی۔ تب وہ سوئی۔

تیرہ

دوسرے دن سے فاروق کا پھر آنا جانا شروع ہو گیا۔ اُس روز فاروق جب گھر آیا تھا تو ایک سیر امرتیاں لایا تھا۔ اُس نے اماں کے

پیر پکڑ لئے تھے کہ اماں نے اُسے غلط سمجھا ہے۔ اماں نے بظاہر اُسے گلے سے لگا لیا تھا۔ لگاتی کیوں نہ؟ کریم ان کا وہ بیٹا تھا جو ان کی دال روٹی کا واحد سہارا تھا۔ انہیں کریم سے بگاڑنا بھی مقصود نہ تھا۔ لیکن اماں کے دل میں اب فاروق کے لئے جگہ نہیں تھی۔

فاروق نے وہ امرتیاں اور پانچ روپیہ کا ایک نوٹ رحمت بی کو دیا تھا اور کہا تھا۔

"یہ بڑے بھتیجے کی طرف سے بہو کی منہ دکھائی ہے۔"

رحمت بی نے فاروق کو بہت غور سے دیکھا تھا اور مٹھائی اور پانچ روپے کا نوٹ چپ چاپ لے لیا تھا۔ وہ سوچ رہی تھی۔ یہی وہ فاروق ہے، جس کے جمیلہ سے گندے تعلقات رہ چکے ہیں..... یہ کالا کلوٹا۔ جس کے چہرے پر اتنے گہرے گہرے گڑھے ہیں، آنکھیں ہیں جیسے بے ایمان کی قبر میں سوراخ ہو گیا ہو..... جمیلہ جیسی خوبصورت لڑکی نے کیا سوچ کر فاروق سے تعلق پیدا کر لیا تھا؟

فاروق کے اس تحفے پر کریم بہت خوش تھا۔ وہ ویسے بھی خوش تھا کہ فاروق نے دل سے یہ بات بھلا دی ہے کہ اس کا آنا جانا بند کرا دیا گیا تھا اور اب وہ نہ اپنے روپوؤں کا تقاضا کرے گا نہ آدھا چندا اور کپڑے والے تقاضہ کرنے آئیں گے۔

اُس روز فاروق پورے تین گھنٹے تک ان کے گھر بیٹھا تھا۔ اس دوران میں اتفاق سے کسی کام سے سامنے کے گھر سے جمیلہ آ گئی۔ جمیلہ کا گھر سامنے ہی تھا۔ صرف گلی ہی سامنے پڑتی۔ لہٰذا اگر کوئی کام ہوتا تھا تو وہ گلی پھاند کر چلی آتی تھی۔

جمیلہ جب سے رشید سے بیاہی تھی۔ وہ صاف ستھرے کپڑوں میں رہنے لگی تھی۔ لیکن ابتداء میں تو اُسے بناؤ سنگار کا شوق رہا تھا۔ بعد میں وہ سادگی پسند ہو گئی تھی اور جب سے اُس نے نماز شروع کی تب سے وہ صرف سفید شلوار قمیض اور کسی ہلکے سے رنگ کے دوپٹے میں ہی رہتی تھی۔

اس وقت بھی جمیلہ سفید شلوار، قمیص اور کسی ہلکے فیروزی دوپٹے میں ہی تھی۔ لیکن جیسے ہی وہ گھر میں داخل ہوئی، فاروق اُسے غور سے دیکھتا رہ گیا۔ جمیلہ کی نظر فاروق پر نہ پڑی تھی کیونکہ وہ آنگن میں بیٹھی ہوئی اماں کی طرف گئی تھی اور فاروق دالان میں بیٹھا تھا۔ وہ غور سے جمیلہ کو دیکھ رہا تھا اور اُسے وہی جمیلہ یاد آرہی تھی جس کے جسم سے کبھی وہ کھیل چکا تھا۔ اُس کے ہونٹ خشک ہو گئے۔ اُس نے اُن پر زبان پھیری اور ٹھنڈی سانس لی۔ اس کی آنکھوں میں ایک چمک سی تھی۔

کریم نے اُسے اس حال میں دیکھ کر ہنس کر کہا۔

"ارے پہچانا نہیں فاروق بھائی۔ اپنی جمیلہ ہے"۔

"جمیلہ ہے...... !!" فاروق نے خواہ مخواہ حیرت ظاہر کی۔

اُس وقت جمیلہ نے چونک کر دالان کی طرف دیکھا اور اس کے مُنہ سے ایک دم نکلا۔

"اوئی اللہ۔"

پھر وہ لپک کر باورچی خانے میں گھس گئی۔ اماں خاموش

بیٹھی رہیں۔

کریم نے چیخ کر جمیلہ کو پکار کر ہنستے ہوئے کہا۔

"ارے جمیلہ تو نے پہچانا نہیں۔ یہ اپنے فاروق بھائی ہیں، فاروق بھائی۔"

جمیلہ نے کوئی جواب نہیں دیا۔ اُس نے اماں سے کہا۔

"اماں پردہ کرادو میں گھر جاؤنگی۔"

اماں حیرت سے جمیلہ کی طرف دیکھتی رہ گئیں۔ رحمت بی بی قریب ہی موجود تھی اس کے ہونٹوں پر ایسی طنز یہ مسکراہٹ آگئی۔ جیسے اس بناوٹ کو سمجھ گئی ہو۔

اماں نے کہا۔

"اے فاروق، ذرا مُنہ پھیر لے بیٹا۔ جمیلہ جائے گی"۔

"ارے واہ اماں۔ جمیلہ مجھ سے پردہ کرے گی؟" فاروق نے پھیکی ہنسی کے ساتھ کہا۔

"جمیلہ۔ فاروق بھائی سے پردہ کرے گی؟" کریم نے حیرت سے پوچھا۔

"اُس کی مرضی ہے بیٹا۔" اماں نے ترکاری کاٹتے ہوئے کہا۔

"اس گھر میں میری مرضی چلے گی"۔ کریم نے غصہ سے کہا۔ اور فاروق کی طرف دیکھنے لگا، جیسے اپنی بات کی داد فاروق سے چاہتا ہو۔

جمیلہ کے ماتھے پر سلوٹیں پڑ گئیں۔ اُس نے کہا۔

"اماں، کہہ دو۔ اب میں ان کے گھر میں نہیں ہوں۔ میں اپنے خاوند کی پابند ہوں اور میں کسی کی پابند نہیں۔ میرے خاوند کی

اجازت ہے کہ میں جس سے چاہوں پردہ کروں جس کے سامنے چاہوں آؤں اور میری مرضی نہیں ہے کہ میں فاروق بھائی کے سامنے آؤں۔"

کریم اور فاروق نے سب باتیں سُن لی تھیں۔ کریم نے نتھنے پھلا کر کہا۔

" اچھی بات ہے۔ مگر فاروق بھائی کے سامنے نہیں آؤ گی تو کل سے میرے گھر میں کبھی مت آنا۔"

" کیا بکتا ہے رے........" اماں کو غصہ آگیا۔

" کہنے دو اماں "۔ جمیلہ نے آہستہ سے کہا۔ بھائی جان غصہ میں ہیں۔ جب اُن کا غصہ اُتر جائے گا، میں آجاؤں گی۔ اس وقت مجھے جانے دو۔ پردہ کرادو......"

فاروق نے مُنہ پھیر لیا اور جمیلہ قریباً بھاگتی ہوئی گھر سے چلی گئی رحمت بی چُپ چاپ کام میں مصروف رہی تھی۔ اُس نے ان میں کسی کی بات میں دخل نہ دیا تھا۔ پھر فاروق چلا گیا۔

اُس رات رحمت بی نے کریم سے کہا۔

" دیکھا اپنی بہن کو، کل تک فاروق اُن کا اپنا تھا آج اُس سے پردہ کرتی ہے۔"

" ہوں! کریم نے گردن جھٹک کر کہا " میں ایسی بہن وہن کی پرواہ نہیں کرتا۔"

بات وہیں ختم ہوگئی۔ لیکن رحمت بی نے کہا۔

" یہ فاروق بھائی تو عجیب سے ہیں۔"

"عجیب سے ...... کیا مطلب؟"

"مطلب یہ کہ ...... کالے ہیں۔ کھترے ہیں۔"

"دل اچھا ہونا چاہیئے آدمی کا" کریم نے بڑے فلسفیانہ انداز میں جواب دیا اور مسکرانے لگا۔

رحمت بی خاموش ہوگئی ...... اُس رات بھی رحمت بی کو ساری رات پیر پٹکنے پڑے۔

پھر فاروق روزانہ آنے لگا۔ اس کا رویہ ان لوگوں کے ساتھ پہلے ہی جیسا ہو گیا۔ کبھی کوئی پھل لئے چلا آرہا ہے، کبھی کوئی مٹھائی لئے چلا آرہا ہے۔ کریم فاروق سے بہت خوش تھا۔ کیونکہ اب فاروق نے اپنے روپوں کا تقاضہ ترک کر دیا تھا۔ اب فاروق رحمت بی کو بھابی کہہ کر پکارنے لگا تھا۔ ایک روز رحمت بی نے کہا۔

"فاروق بھائی تم مجھ سے بڑے ہو۔ بھابی کیوں کہتے ہو؟"

"بڑا ہوں یا چھوٹا یہ جانتا ہوں، بھائی کی بیوی ہو، اس لئے بھابی ہو!"

رحمت بی ہنس کر رہ گئی ...... اُس روز سے فاروق نے رحمت بی کو بھابی کہنے کے ساتھ ساتھ ہلکا پھلکا مذاق بھی شروع کر دیا تھا۔ اماں یہ سب کچھ دیکھتیں اور خون کا گھونٹ پی کر رہ جاتی تھیں۔ انہیں فاروق کی یہ حرکتیں قطعی پسند نہ تھیں۔ نہ انہیں کریم کا ان لوگوں کو اتنی ڈھیل دے دینا اچھا لگ رہا تھا کیونکہ ان کی نگاہوں میں ابھی پچھلا تجربہ باقی تھا۔ لیکن کیونکہ معاملہ کریم کا تھا اس لئے وہ کچھ کہہ ہی نہ سکتی تھیں اور پھر اب کریم ان کی بات سنتا ہی کب تھا؟ ......

وہ فاروق سے بہت زیادہ گھل مِل گیا تھا۔

شکیلہ تو ویسے ہی ان کے گھر کبھی کبھار آتی تھی۔ اب اُس نے آنا جانا ترک کر دیا تھا۔ لیکن کریم کو اس کی پرواہ نہیں تھی۔ اِدھر جمیلہ بھی بہت کم آنے لگی تھی۔ اُسے یاد تھا کہ اس کے بھائی نے اپنے دوست کے لئے اسے بے عزت کر کے بھگایا تھا لیکن بہن کی محبت پھر اُسے کھینچ کر گھر لے جاتی تھی۔ حالانکہ کریم کے ساتھ اب رحمت بی بھی اُس سے بات کم کرتی تھی۔ لیکن وہ اماں کے پاس بیٹھ کر چلی آتی تھی۔

اِدھر اُس نے اماں کی زبانی رحمت بی اور فاروق کے ہنسی مذاق کی بہت ساری کہانیاں سُنی تھیں۔ تو اُس کا دل کسی اندرونی اندیشے سے کبھی کبھی دہل اُٹھتا تھا۔ ایک روز اُس نے اماں سے کہا۔

"اماں، جب تم جانتی ہو کہ فاروق کیسا آدمی ہے تو تم بھائی جان کو روکتی کیوں نہیں!"

"میں کیسے روکوں بیٹی۔" ماں نے دھیرے سے کہا۔

"یہ بھابی اور فاروق کا ہنسی مذاق بند ہونا چاہیئے۔" جمیلہ نے کہا۔ "فاروق نے مجھ پر بھی تو اِسی طرح ڈورے ڈالے تھے۔ خدا نے پتہ نہیں کس نیکی کے بدلے مجھے اتنی پیاری سُسرال دے دی۔ ورنہ میں ان فرشتوں کے گھر کے قابل کب تھی؟ مگر اماں یہ بھابی...... شادی کے بعد اگر عورت کی ذات پر کوئی داغ لگ جائے تو وہ سُسرال کی ناک کاٹتا ہے۔"

"میں جانتی ہوں۔"

"پھر اماں، تمہیں کچھ نہ کچھ ضرور کرنا چاہیئے۔"

"میں ڈرتی ہوں۔ کریم مجھے گھر سے ہی نہ نکال دے۔"

"کیسے نکال دیں گے؟ خدا کا خوف تو کریں گے۔ تم ان کی ماں ہو۔ اور اگر خدانخواستہ ایسی کوئی بات ہو بھی گئی تو کیا میں یا شکیلہ باجی کہیں چلے گئے ہیں؟"

"اچھا بیٹی۔ میں کل پرسوں یا کسی روز کریم کا مزاج دیکھ کر بات کروں گی"۔

"یا ٹھہرو اماں اگر بھابی سے میں بات کر لوں تو ٹھیک ہے۔ بھابی اچھے گھر کی ہیں۔ اچھے مزاج کی ہیں۔ نادان ہیں۔ فاروق کے بارے میں کچھ جانتی نہیں ہیں۔ میں انہیں سمجھاؤں گی"۔

"نہیں بیٹی۔ اس نے اگر تیری بے عزتی کر دی تو مجھے دکھ ہوگا۔ پہلے میں ہی کہہ لوں کریم سے۔"

"اچھی بات ہے۔"

اس کے بعد اماں کریم سے رحمت بی کی شکایت کرنے کے لئے موقعہ کا انتظار کرنے لگیں۔ ایک روز کریم جب کارخانے سے لوٹا تو بہت خوش نظر آ رہا تھا۔ اس روز اس نے خوشخبری سنائی۔

"اماں۔ اگلے مہینے سے میں فاروق بھائی سے جڑ تیے کا کام سیکھونگا"

"اچھا"۔ اماں نے خوشی ظاہر کی۔

"ہاں اماں۔ پھر کم از کم ڈیڑھ سو روپے ماہوار کماؤں گا۔"

"آمین۔" اماں نے دعا دی۔ "خدا کرے تیری آمدنی تین سو روپے ماہوار ہو......"

"پھر تو میں تمہارے لئے ہر چھ مہینے کے بعد جوڑا بنایا کروں گا۔" کریم نے اماں کی گردن میں باہیں ڈالتے ہوئے کہا۔

"میرا بچہ......" اماں کا دل بھر آیا۔ "خدا تجھے لاکھوں میں کھلائے۔"

رحمت بی چپ چاپ چولہا پھونک رہی تھی۔ کریم اور اماں دالان میں تھے۔ کچھ سوچ کر اماں نے کہا۔

"ارے بات تو سن رے۔"

"کیا ہے اماں؟"

"ایک بات کہوں برا تو نہ مانے گا؟"

"واہ اماں تم کہو اور میں برا مانوں؟"

"دیکھ۔ تجھے یاد ہے جب جمیلہ پر فاروق کی نظر بگڑی تھی تو وہ جمیلہ سے ایسے ہی مذاق کیا کرتا تھا جیسے آج کل وہ بہو سے کرنے لگا ہے"

"کیا مطلب؟" کریم کی تیوری پر بل پڑ گئے۔

"ٹھنڈے دل سے سوچ۔" اماں نے دھیرے سے کہا۔

"کیا سوچوں؟" کریم زور سے بولا۔ "مجھ سے کہہ رہی ہو۔ ٹھنڈے دل سے سوچ۔ اور آگ لگانے کی باتیں کر رہی ہو۔ میری بیوی کو آوارہ سمجھتی ہو۔" وہ دھاڑنے لگا۔ "ارے، میری بیوی لاکھوں میں ایک ہے۔ تمہاری بیٹی کی طرح آوارہ نہیں ہے۔ میرا دوست فاروق کبھی ایسا ویسا نہیں۔ اُسے کبھی تمہاری بیٹی نے ہی ورغلایا تھا"

"کیا ہوا ___؟" رحمت بی نے حیرت سے پوچھا۔

اماں اتنی حیران تھیں کہ وہ کچھ بول ہی نہ سکیں۔ کریم نے چیخ کر کہا۔

"ہوا کیا؟ بوڑھاپے میں سٹھیا گئی ہیں۔ تم پر اور فاروق پر شک

کر رہی ہیں۔"

"مجھ پر اور فاروق پر؟" رحمت بی دھک سی رہ گئی۔ "ہائے اللہ۔ انہوں نے کیا دیکھا تھا جو شک کرنے لگیں؟ کیا سمجھ کر....."

پھر وہ ہاتھ ہلا کر بولی۔ "تم نے سامنے کر دیا تھا تو آ گئی تھی، اپنے آپ نہیں آئی ہوں۔ مذاق کرتا ہے تو بھابی کہہ کر........ اگر آوارہ ہے تو روک لو...... مجھ پر کیوں الزام تھوپا؟ کیا مجھے کبھی جمیلہ سمجھ لیا تھا؟ میں کیا شرف الدین اور رشید سے ہنس رہی تھی" - پھر وہ اپنا منہ ڈھک کر رونے لگی۔ "ہائے اللہ...... میرا باپ مولوی تھا۔ کبھی شادی سے پہلے کسی نے آنچل تک نہیں دیکھا۔ مجھے کیا معلوم تھا کہ میری قسمت ایسی ہے۔ کہ شادی کرکے اپنے گھر آؤں گی تو یہ الزام لگے گا۔ ہائے اللہ تو مجھے موت کیوں نہیں دے دیتا؟"

رحمت بی پھوٹ پھوٹ کر رونے لگی۔ اماں اس طرح ہکا بکا سی بیٹھی ہوئی تھیں، جیسے ان کی سمجھ میں ہی نہ آ رہا ہو کہ یہ ہو کیا گیا؟ رحمت بی بہت سیدھی عورت تھی، اُسے ہنسی مذاق کرتے دیکھ کر کبھی اماں کو یہ احساس نہیں ہوتا تھا کہ رحمت بی اتنی تیز ہو گئی ہو گی۔

رحمت بی کو روتے دیکھ کر کریم اور زیادہ بپھر گیا۔ اُس نے چیخ چیخ کر کہا۔

"بڑھاپے میں عقل سٹھیا گئی ہے۔ ہرا بھرا گھر تباہ کرنا چاہتی ہو پہلے اپنی بیٹیوں کی تو خبر لو...... میں یہ قطعی برداشت کر سکتا۔ تم نے کیا سوچ سمجھ کر میری بیوی پر ایسا الزام لگایا؟"

کریم چیختا بنکارتا رہا۔ اُس نے یہاں تک کہہ دیا کہ اب وہ اماں کا

ایک پل بھی گھر میں رکھنے کا روادار نہیں ہے۔ کریم کے اس طرح چلانے کی آواز سن کر سامنے والے گھر سے رشید آگیا۔ وہ ان کے گھر بہت کم آتا تھا۔ کبھی کبھی اتفاقاً ہی چلا آتا تھا۔ اُس نے نرمی سے کریم سے پوچھا۔

"کیا بات ہوگئی کریم بھائی؟"

"ہو گیا میرا سر۔" کریم رشید پر اُلٹ پڑا۔ "یہ سب تمہاری بیوی کی حرکتیں ہیں۔ تمہاری بیوی اور یہ بوڑھیا مل کر میرا گھر تباہ کرنا چاہتی ہیں۔ میں اس زہر کی پُڑیا کو ایک منٹ کے لئے بھی اپنے گھر میں نہیں دیکھ سکتا۔ تم حمایتی بن کر آئے ہو تو لے جاؤ اسے یہاں سے۔۔۔۔۔ رکھے اس کی بیٹی۔"

رشید نے کریم کو غصہ میں دیکھ کر کچھ بولنا مناسب نہ سمجھا۔ وہ چُپ چاپ اماں کو ساتھ لے کر اپنے گھر لے گیا۔ اماں گھر جاتے ہی جمیلہ سے لپٹ کر پھُوٹ پھوٹ کر رونے لگیں۔ رشید کی اماں نے قریب آکر انہیں تسلّی دی۔ رشید نے اُن سے کہا۔

"آپ ہراساں نہ ہو اماں۔ جیسے میری یہ والدہ ویسے آپ۔۔۔۔ ابھی کریم بھائی غصہ میں ہیں۔ جب غصّہ اُتر جائے گا تو میں انہیں سمجھا دوں گا۔"

جمیلہ کچھ نہ بولی۔ اماں سِسک سِسک کر روتی رہیں۔

چودہ

کریم کا غصہ ابھی کم نہیں ہوا تھا۔
وہ جب بھی اماں کے بارے میں سوچتا۔ اس کا غصہ ایک دم تیز ہو جاتا تھا اور اماں سے زیادہ اُسے جمیلہ پر غصہ آتا تھا۔ اسے یقین تھا کہ اماں کو اس شہ میں بھڑکانے والی بھی صرف جمیلہ ہے حالانکہ جمیلہ اسکی بہن تھی۔ لیکن وہ جمیلہ کے بارے میں ایسی بری بری باتیں سوچ رہا تھا۔

رات کو کھانا کھا کر جب وہ کمرے میں جانے لگا تو اماں کی چارپائی خالی دیکھ کر اس کے دل پر ایک دھکا سا لگا۔ لیکن ساتھ ہی اُسے اماں کا خیال آکر غصہ بھی آگیا۔ وہ کمرے میں جا کر لیٹ گیا۔ سردیوں کے دن تھے۔ اُس روز رحمت بی نے جلدی ہی کام کاج سے فراغت پالی۔ اور جب وہ کمرے میں اپنے مخصوص انداز میں مسکراتی ہوئی داخل ہوئی تو کریم نے اس کی مسکراہٹ پر کوئی دھیان بھی نہ دیا۔

رحمت بھی کریم کے پاس بیٹھ گئی۔ کریم سوچتا ہی رہا۔ تب رحمت بی نے کریم کے سر پر ہاتھ رکھ کر کہا۔
"لاؤ تمہارا سر دبادوں۔"
"نہیں رہنے دو۔" کریم نے کہا "تم خود تھک گئی ہوگی۔ تمام دن کام کرتی رہتی ہو۔"
"اپنا گھر ہے، آدمی اپنے گھر کے کام کاج سے نہیں تھکتا۔ لیکن اپنے گھر میں عزت سے تو رہے"۔

"اماں کا دماغ سٹھیا گیا ہے...... میں ان کی طرف سے معافی مانگتا ہوں۔"

"ہٹو۔ کیوں مجھے گنہگار کرتے ہو"۔ رحمت بی نے بگڑ کر کہا۔

کریم ہنسنے لگا۔ لیکن ایک لمحے کے بعد ہی، وہ ہنسی رُک گئی اور چہرے پر ایک تفکر اُبھر آیا۔ رحمت بی اس کے پاس لیٹ گئی۔ اس کے چہرے پر انگلیاں پھیرتی ہوئی بولی۔

"دیکھئے تو سہی کتنے دُبلے ہو گئے ہو؟ گالوں میں گڑھے پڑ گئے ہیں آنکھوں کے نیچے سیاہی آ گئی ہے، ایسا لگتا ہے، جیسے برسوں سے بیمار رہو۔"

"بیمار تو میں ہوں"۔ کریم نے سنجیدگی سے کہا۔

"چلو، بیمار رہیں، تمہارے دشمن۔"

یقین کرو...... میں سچ مچ بیمار ہوں"۔ کریم نے کہا۔

"ہائے اللہ۔ ظاہر میں تو کوئی بیماری نظر نہیں آتی۔ سوائے کمزوری کے۔"

کریم چپ ہو گیا، وہ کیسے بتاتا کہ اُسے کیا بیماری ہے؟ بیماری جتا کر وہ رحمت بی کے سامنے شرمندہ نہیں ہونا چاہتا تھا۔ رحمت بی کچھ دیر اس سے بیماری پوچھتی رہی۔ پھر اُس نے کریم کے پیٹ پر ہاتھ رکھ دیا۔

پھر رحمت بی کچھ دیر تک کریم کے بالوں سے کھیلتی رہی۔ لیکن کریم بے حس پڑا ہوا تھا۔

رحمت بی کے ذہن میں ایک جھنجھلاہٹ سی عود کر آئی۔ کریم کی

یہ بے حسی جہاں اُسے ذہنی طور پر ایک مایوسی سی دوچار کرتی تھی۔ وہاں اس کے ذہن پر جھنجھلاہٹ بھی سوار ہو جاتی تھی۔

جس طرح بھوک یا پیاس ایک دو وقت سے زیادہ برداشت نہ ہو سکتی تھی۔ اس طرح رحمت بی کی یہ ضرورت بھی اب اُن سے خود نہ برداشت ہوتی تھی جس کا نتیجہ یہ ہوا تھا کہ اس کے ذہن میں مایوسی کے ساتھ ایک جھنجھلاہٹ بھی آ چلی تھی۔

رحمت بی سوچتی رہی۔ پھر اُس نے کریم کی طرف دیکھا۔ کریم گہری نیند میں خراٹے لے رہا تھا۔ رحمت بی کو جھونجل آیا اور وہ اُٹھ کر بیٹھ گئی۔ دو چار بار زور زور سے کھانسی پھر لیٹ گئی۔ آنکھوں سے ایک دیوانگی سی جھانکنے لگی۔

اُس نے اُٹھ کر دو گلاس ٹھنڈے پانی کے چڑھائے اور دوسرے پلنگ پر جا کر بغیر رضائی اوڑھے ہوئے لیٹ گئی۔ اس کا دل چاہ رہا تھا کہ اس رضائی کو پھاڑ ڈالے۔

اُس روز اس نے فجر کی اذان ہونے تک کروٹیں بدلیں۔ فجر کی اذان ہوتے ہوتے اس کی آنکھ لگ گئی۔ دوسری صبح وہ اتنی دیر سے جاگی کہ سارے آنگن میں دھوپ پھیل چکی تھی۔ خوب تیز تیز سی بروشنی ہو رہی تھی۔ رحمت بی نے گھبرا کر کریم کا بستر دیکھا وہ خالی تھا۔ غالباً کریم بغیر ناشتہ کئے ہوئے ہی کام پر چلا گیا تھا۔

رحمت بی بستر سے اُتر گئی۔ لیکن اس کا دل ابھی بستر چھوڑنے کو نہیں چاہ رہا تھا۔ اُسے ایسا لگ رہا تھا۔ جیسے اس کے جسم میں اک آگ سی بھر گئی ہو۔ اور اس کے رگ و ریشوں میں لاوا سا

کھول رہا ہو۔ اس کی آنکھوں کی سرخی ابھی تک کم نہ ہوئی تھی۔ جمائیاں پر جمائیاں اور انگڑائیوں پر انگڑائیاں آ رہی تھیں۔

جیسے تیسے اُس نے چائے بنا کر پی۔ پھر برتن جھاڑو کرنے لگی۔ اس کے بعد جب وہ روٹی پکا کر ہنڈیا چڑھانے بیٹھی تو فاروق آ گیا۔ فاروق آج آواز دیئے بغیر ہی گھر میں گھس آیا تھا۔ اُسے فاروق کی یہ حرکت ناگوار گزری۔ لیکن کیونکہ فاروق گھر میں آ چکا تھا اس لئے کیا کہتی۔ اُس نے فوراً کہا۔

"سلام فاروق بھائی۔"

"سلام۔" فاروق بیٹھتے ہوئے بولا۔ "سنا ہے اماں کو کریم نے گھر سے نکال دیا ہے؟"

"اور کیا کرتے؟" رحمت بی کی تیوری پر بل پڑ گئے۔ "وہ بھی تو ایسی باتیں کر رہی تھیں۔"

"کیسی باتیں؟" فاروق نے مسکرا کر پوچھا۔

"انہوں نے آپ کو نہیں بتایا؟" رحمت بی نے پوچھا۔

"تم ہی بتا دو۔"

رحمت بی کچھ نہ بولی۔ ہنڈیا پر ڈھکن رکھ کر وہ بولی۔

"چلو اندر بیٹھنا۔ یہاں دھواں لگے گا۔"

فاروق رحمت بی کے ساتھ اُٹھ کر اندر چلا آیا۔ اس بار اُس نے اماں کی بات ہی گول کر دی۔ اُس نے رحمت بی سے پوچھا۔

"کریم کچھ بیمار رہے ہے؟"

"آپ کو پتہ ہے؟"

"حکیم کے پاس جاتے دیکھا تھا۔"
مجھے پتہ نہیں کیا بیمار ہیں؟"
"کوئی مردانہ بیماری ہے۔" فاروق نے ٹھنڈی سانس لے کر کہا۔
"حکیم کے پاس گیا تھا مجھ سے بھی اُس نے ذکر کیا تھا۔"
"وہ جانتا ہے کریم میرا دوست ہے۔ بتایا ہوا تھا کہ کریم کی بدکاریوں نے رنگ دکھایا ہے۔"
"کیا کہہ رہے ہو؟"
"سچ کہہ رہا ہوں۔ کریم کو میں نے مدار گیٹ میں آٹھ آنے ایک روپے والی طوائفوں میں جاتے دیکھا تھا۔ کوئی بیماری لگ گئی ہے۔ میں بھی سمجھاتا تھا لیکن اس کی سمجھ میں ہی نہ آتا تھا۔ اب نتیجہ بھگت رہا ہے۔ حکیم کا خیال ہے کہ اب کریم کبھی بھی قابل نہ ہو سکے گا۔"
رحمت بی کچھ نہ بولی۔ لیکن اس کے جسم میں سناٹا سا چھا گیا تھا۔
فاروق نے اٹھتے ہوئے کہا۔
"اچھا.... میں چلوں۔ لیکن تمہیں میری قسم ہے بھابی کریم سے میرا نام لے کر کچھ نہ کہنا۔"
رحمت بی کچھ نہ بولی۔ فاروق اٹھ کر چل پڑا۔ اور رحمت بی اس انداز میں خاموش اور گم سم بیٹھی رہی۔ جیسے اس کے کسی عزیز کی موت ہوتی ہو۔
اور اس رات کو جب رحمت بی اپنے کمرے میں داخل ہوئی تو اس کے چہرے پر مسکراہٹ ضرور تھی۔ لیکن اس کی مسکراہٹ میں پہلے جیسی کشش نہ تھی۔ حقیقت نہ تھی۔ لیکن کریم رحمت بی کی مسکراہٹ کے

اس فرق کو نہ محسوس کرسکا۔ وہ کوئی شاعر ادیب یا ماہر نفسیات نہیں تھا جو اس فرق کو محسوس کرلیتا۔ وہ اپنے خیالات میں ہی گم رہا۔ لیکن روز کی طرح اُس روز بھی اس کے جذبات سرد ہی رہے۔ رحمت بی کی قربت ان میں کوئی حدّت نہ پیدا کرسکی اور رحمت بی کو فاروق کی بات کا یقین سا آگیا۔ ویسے صورت سے کریم اور بھی کمزور نظر آنے لگا تھا۔ پتہ نہیں یہ ایک نفسیاتی اثر تھا یا حقیقت تھی؟

رحمت بی ساری رات کروٹیں بدلتی رہی اور اس کے چہرے پر فکرمندی کے آثار نمایاں رہے۔ وہ کریم کے بارے میں سوچتی رہی..... کریم..... جس کو وہ ایک معصوم سا فرشتہ سمجھتی تھی۔ وہ طوائفوں میں بھی جاچکا تھا اور وہاں سے ایک تحفہ بھی لے آیا تھا!

پندرہ

اسی طرح ایک مہینے کے قریب گزر گیا۔

رحمت بی گھر میں اکیلی ہی رہ رہی تھی۔ اماں جمیلہ کے پاس ہی تھیں وہ ایک روز کے لئے شکیلہ کے گھر گئی تھیں۔ پھر رشید انہیں بلا لایا تھا۔ شکیلہ کے ساتھ ہی شکیلہ کے شوہر اور رشید نے بھی کریم کے گھر آنا جانا ترک کر دیا تھا۔ لیکن کریم کو اس بات کی ذرا پرواہ نہیں تھی۔

ابتدائی کچھ دنوں میں اُسے اماں کے بارے میں خیال رہا تھا لیکن اب وہ خیال بھی دل سے نکل گیا تھا۔ اب تو فاروق اس کا پکا یار تھا۔ اور رحمت بی اس کی زندگی کی سب سے عزیز ساتھی تھی، اور کریم کے لئے ہی دونوں سب کچھ تھے۔ فاروق اس لئے تھا کہ وہ کریم کو بڑے ڈاکٹروں کے پاس علاج کے لئے لے جایا کرتا تھا۔ علاج کا خرچہ اُٹھاتا تھا اور کریم کی ہر طرح مدد کرتا رہتا تھا۔ اب وہ اپنے دو سو بانوے روپوں کا تقاضہ بھی نہیں کرتا تھا۔ نہ اس پر اب کپڑے والے اور دُودھ والے چند کا تقاضہ تھا۔ رحمت بی اس لئے کہ وہ اس کی بیوی تھی۔ اسے رحمت بی سے جتنی محبت ہوگئی تھی، شاید اپنی اماں سے بھی نہیں تھی۔ شکیلہ اور جمیلہ کی تو بات ہی الگ تھی۔

ایک روز دوپہر کا وقت تھا۔ رحمت بی روٹی ہنڈیا سے فارغ ہو کر کمرے میں لیٹی ہوئی تھی۔ اتنے میں اُس نے کسی کی چپل سُنی، اور وہ جلدی سے بیٹھ گئی۔ دوسرے ہی لمحے اُس نے فاروق کو کمرے میں داخل ہوتے دیکھا۔ فاروق مسکراتا ہوا بیٹھ گیا۔

"سلام بھابی"۔

"سلام......" رحمت بی نے مسکرا کر جواب دیا۔

اب رحمت بی کو فاروق کا بغیر آواز دیئے اندر آجانا بُرا نہیں لگتا تھا۔ کیونکہ اب وہ عادی ہو چکی تھی۔ جب سے اماں نے گھر چھوڑا تھا۔ فاروق یونہی بنا آواز دیئے اندر آجاتا تھا۔ فاروق کچھ دیر خاموش بیٹھا رہا اور رحمت بی اس کی طرف دیکھتی رہی۔ تھوڑی دیر کے بعد فاروق نے کہا۔

"آج صبح بھی کریم کو میں ڈاکٹر تسنکر کے پاس لے گیا تھا۔ انہوں نے بھی مایوسی میں جواب دیا ہے۔ کریم کا مرض اب بہت بڑھ گیا ہے۔"

رحمت بی کچھ نہ بولی۔ اب وہ کریم کی بیماری کے بارے میں سننے کی عادی سی ہوگئی تھی۔ کیونکہ فاروق روز ہی کوئی نہ کوئی بات سناتا تھا۔ فاروق نے کہا۔

"اپنی طرف سے تو میں تمام کوششیں کر رہا ہوں بھابی۔ لیکن انجام خدا کے ہاتھ میں ہے۔ کئی ڈاکٹروں کو دکھا چکا ہوں۔ مجھے کریم سے زیادہ تمہارا خیال ہے۔"

رحمت بی کے چہرے پر سرخی چھا گئی..... نگاہیں جھک گئیں۔

فاروق نے کہا۔ "مجھے تم سے گہری ہمدردی ہے بھابی۔ خدا کی قدرت ہے کہ گناہ کوئی کرے سزا کوئی بھگتے۔ بڑا خیال ہوتا ہے۔ بھلا یہ پہاڑ سی زندگی کیسے گزرے گی.....؟"

فاروق بول رہا تھا اور رحمت بی کے دل کی دھڑکنیں جیسے رک گئی تھیں۔ وہ واقعی یہ سوچنے لگی تھی کہ اتنی بڑی زندگی کیسے گزرے گی؟ کیسے.....؟ اس کا دل بیٹھا جا رہا تھا۔

فاروق بہت غور سے کسی تجربہ کار ماہر نفسیات کی طرح رحمت بی کے اتار چڑھاؤ دیکھ رہا تھا۔ اور رحمت بی کا دل حلق کے قریب دھڑک رہا تھا اور وہ سوچ رہی تھی کہ واقعی حقیقت میں مرد وہی ہوتا ہے جو عورت کو خوش رکھ سکے۔ صورت شکل کیا چاٹی تھوڑے ہی جاتی ہے۔ اب فاروق کو ہی دیکھو۔ فاروق کی شادی ہو جائے تو واقعی اس کی بیوی کتنی خوش رہے گی۔ حالانکہ فاروق کی صورت

شکل کتنی کراہت آمیز ہے۔ لیکن صورت شکل چاٹی تھوڑی ہی جاتی ہے۔ فاروق نے پھر کہا۔

"ہم تو اس بات کے قائل ہیں بھائی۔ آدمی سب کچھ کرے۔ آج کی دنیا میں سب ہی کرتے ہیں۔ لیکن کم از کم بیوی کے حق کا بھی خیال رکھے...... اور بیوی کا حق مارنا گناہِ عظیم ہے۔ اگر مرد بیوی پر کچھ حق رکھتا ہے تو بیوی بھی خاوند پر کچھ حق رکھتی ہے اور یہ حق..... یہ تو خدا سے عطا کیا گیا ہے۔ یہ کوئی گناہ نہیں، قانونی۔ اور شرعی بات ہے۔ مذہب بھی بیوی کو حق دیتا ہے کہ خاوند کے ساتھ رہے.... اور خدا نے سولہ برس سے لے کر چالیس پینتالیس برس تک کی عمر میں جو کچھ لکھ دیا ہے وہی انسان کی زندگی کی سب سے بڑی دولت ہوتا ہے۔ اور اُس دولت پر میاں بیوی دونوں کا برابر حق ہوتا ہے لیکن اگر میاں اس دولت کو پہلے ہی خرچ کر دے تو اُس نے بیوی کا حق مار لیا اور ایسے میاں کو تو ضرور سزا ملنی چاہیئے۔ ضرور ضرور سزا ویسے وہ الگ بیوی کو بھی اپنے مرد کی بیوفائی کا مزا چکھانا چاہیئے"۔

رحمت بی خاموش رہی۔ لیکن اس کے چہرے پر سینکڑوں رنگ بدل رہے تھے۔ آنکھیں سُرخ ہو گئی تھیں۔ ہونٹ خشک ہو گئے تھے فاروق نے جلتے لوہے پر ایک چوٹ اور ماری۔

"بھائی۔ قسم خدا کی۔ مجھے تم سے دلی محبت ہے اور میں تمہارے لئے ہر قربانی کرنے کو تیار ہوں۔ اگر کریم اچھا نہیں ہوتا تو.... اگر تمہیں میری طرف سے کسی مدد کی ضرورت ہو تو......"

رحمت بی بہت غور سے فاروق کو دیکھنے لگی۔ ایسا لگ رہا

تھا جیسے وہ فاروق کو تول رہی ہو۔

"تمہاری بے بسی پر مجھے رحم آتا ہے بھابی" فاروق کے لہجہ میں ہمدردی تھی۔

اور یہ آخری ضرب تھی۔ رحمت بی کی آنکھوں سے آنسو ڈھلک پڑے۔ فاروق جلدی سے اٹھ کر رحمت بی کے پلنگ پر بیٹھ گیا اور اس کے آنسو پونچھ کر بولا۔

"ہیں ہیں۔ میرے ہوتے ہوئے روتی ہو بھابی۔ میں مر جاؤں گا۔ لیکن تمہاری آنکھوں میں آنسو نہیں برداشت کروں گا۔"

رحمت بی روتی رہی۔ فاروق نے رحمت بی کو زور سے اپنی طرف سمیٹ لیا۔ رحمت بی کو ایک لمحے کے لئے ناگوار گزرا لیکن دوسرے ہی لمحے اس کی ہڈیوں کی ڈھکن میں ایک لذت انگیز لہر سی دوڑ گئی

پھر جب رحمت بی کپڑے پہن کر بیٹھی اور فاروق آئینے کے سامنے بال سنوارنے لگا تو اتنے میں انہوں نے قدموں کی آہٹ سنی۔ رحمت بی اچھل پڑی۔

"اوئی اللہ۔ یہ تو یہیں ہیں۔"

"کریم ـــــ" فاروق نے استقلال سے جواب دیا۔ "گھبراؤ نہیں" رحمت بی نے خود کو سنبھال لیا۔ فاروق پہلے دروازہ کھول کر نکل گیا۔ کریم دالان میں ہی تھا۔ اس نے چونک کر فاروق کو دیکھا اور پوچھا۔

"ارے فاروق بھائی تم کب آئے؟ رحمت بی کہاں ہے؟"

"اندر ہے۔" فاروق نے انجان سے جواب دیا۔ "یہ بتانے آیا تھا

کہ ڈاکٹر شنکر شام کو تمہارے انجکشن لگائیں گے۔ میرے ساتھ چلنا۔ تم ملے نہیں۔ رحمت بی سے باتیں کرنے بیٹھ گیا۔"

کریم کے جسم میں جیسے سناٹا سا چھا گیا۔ لیکن وہ کچھ بول نہ سکا۔ چہرے پر ایک قیامت سی آ گئی۔ فاروق سے وہ کچھ نہ کہہ سکا۔ فاروق اُس وقت چلا گیا اور کریم اس طرح پلنگ پر بیٹھ گیا۔ جیسے اس کی ٹانگوں کا دم نکل گیا ہو۔ اُسے یاد تھا۔ اسی طرح ایک دفعہ فاروق جمیلہ کے ساتھ ہی نکلا تھا تو کیا؟ کیا فاروق نے رحمت بی کو بھی خراب کر دیا؟ نہیں...... کریم سناٹے میں آ گیا۔ اتنے میں رحمت بی باہر آ گئی۔ اس نے رحمت بی کا چہرہ غور سے دیکھا اور پوچھا۔

"یہ فاروق کیوں آیا تھا؟"

"تمہارا دوست تھا اور مجھ سے پوچھتے ہو"۔ رحمت بی نے تنک کر کہا۔

"میں کہتا ہوں، تو اس کے ساتھ کیوں بند تھی؟"

"ہیں۔" رحمت بی کانپتی ہوئی بولی "مجھ پر بھی شک کرنے لگے مجھے بھی کوئی جمیلہ سمجھ لیا ہے۔ میرا باپ مولوی ہے۔ تمہارے ہی گھر میں ایسا ہوتا آیا ہے۔ تم پاپی ہو۔ پہلے اماں نے الزام تھوپ دیا۔ اور اب تم بھی۔ میں اپنے باپ کے گھر چلی جاؤنگی"۔ وہ رونے لگی۔

"کیا بکواس ہے..... اب ٹسوے بہا کر بے وقوف بناتی ہے"۔

کریم کا ہاتھ اُٹھ گیا۔ اُس نے رحمت بی کو دل بھر کر مارا۔ پھر اُسے چوٹی سے پکڑ کر کمرے میں بند کر دیا۔ اور خود پلنگ پر گر کر روتا رہا۔

بڑی مشکل سے اس کے آنسو سوکھے اور اب اُسے خیال آیا کہ اُس نے رحمت بی کو بہت مارا ہے۔ اس نازک جسم...... اُسے ایک دم رحمت بی پر ترس آ گیا۔ اُس نے کواڑ کھول کر رحمت بی کو لپٹا لیا لیکن رحمت بی بے حس تھی۔

اُس روز کریم تمام دن پریشان رہا۔ اس کی سمجھ میں نہیں آتا تھا کہ وہ کیا کرے؟ اُسے رحمت بی سے عشق کی حد تک پیار تھا۔ لیکن رحمت بی اُس سے بے وفائی کرے گی۔ یہ اُس نے خواب میں بھی نہ سوچا تھا۔ بھلا ایک مولوی کی لڑکی...... ؟ اس کی سمجھ میں یہ نہ آسکا کہ رحمت بی کا ایمان کیسے قدم ڈگمگا سکتا ہے۔ اُس شام کو اُس کے دروازے پر لالہ اُدھار چند ایک سو اسّی روپے کا تقاضا لے کر آ گئے۔ اور کریم کے رہے سہے حواس بھی اُڑ گئے۔ اُسے غصہ بھی آیا۔ لالہ پر کہ اتنے عرصہ تو اُلو کا پٹھا خاموش رہا۔ آج میں پریشان ہوں تو آج ہی اُسے تقاضا لے کر آنا رہ گیا تھا۔ ابھی وہ لالہ سے باتیں ہی کر رہا تھا کہ کپڑے والا بھی آ گیا۔ وہ دونوں اکڑنے لگے۔

کریم کا غصہ قابو سے باہر ہونے ہی والا تھا کہ فاروق آ گیا۔ فاروق کو دیکھ کر ایک لمحے کے لئے کریم کا خون کھول اُٹھا۔ لیکن دوسرے ہی لمحے اُس نے فاروق کو لالہ اور کپڑے والے پر ناراض ہوتے دیکھا۔

"تم لوگوں نے بہت پریشان کیا۔ میں نے کہا تھا کہ کریم کے گھر تقاضہ نہ لانا۔ اگر کریم نہیں دے گا تو اس کا قرضہ میں ادا کروں گا کریم میرا چھوٹا بھائی ہے۔"

اُدھار چند اور کپڑے والے چلے گئے۔ فاروق کریم کا ہاتھ پکڑ کر گھر میں لے آیا اور کریم اُسے گھر میں آنے سے روک بھی نہ سکا۔ حالات ہی کچھ ایسے تھے۔

اور اس کے بعد پھر یہ سلسلہ مسلسل چلتا رہا۔ کریم فاروق کو آنے سے روک نہ سکتا تھا۔ وہ رحمت بی پر ہی اپنا غصہ اُتارتا تھا۔ لیکن جس روز وہ رحمت بی کو مارتا تھا۔ اُس روز لالہ اُدھار چند اور کپڑے والے قرضہ وصول کرنے ضرور آتے تھے۔ کریم ان حالات میں پھنس کر نیم پاگل سا ہو گیا تھا۔ کبھی کبھی وہ سوچتا تھا کہ اس نے اماں کو گھر سے نکال کر غلطی کی..... اماں گھر میں ہوتیں تو رحمت بی اور فاروق کی ہمت یہاں تک نہ پہنچ سکتی تھی۔

ایک روز وہ جمیلہ کے گھر پہنچ گیا اور اماں سے لپٹ کر پھوٹ پھوٹ کر رونے لگا۔ اماں بھی رونے لگیں اور جمیلہ بھی...... رشید اور اس کی امی نے ان لوگوں کو دلاسہ دے کر خاموش کیا اور کریم نے آنسو پونچھ کر کہا۔

"اماں، مَیں تمہیں لینے آیا ہوں۔ مجھے معاف کر دو۔"

"ابھی چلتی ہوں۔ اپنے کپڑے نکال لوں۔"

اماں کپڑے نکالنے چلی گئی۔ کریم نے تب گھر کے افراد کو دیکھا اور اُن میں ایک نیا فرد دیکھ کر کریم چونک پڑا۔ وہ شخص کریم کو بہت غور سے دیکھ رہا تھا۔ کریم نے اُسے جلدی سے سلام کیا۔ رشید نے کہا۔

"کریم بھائی۔ یہ ہمارے وطن کے بہت گہرے دوست ہیں جب مَیں یونیورسٹی میں تھا تو ان کے ہی ساتھ رہتا تھا۔ بالکل گھر والوں سے

تعلقات ہیں۔ کچھ دن کے لئے ہمارے گھر آئے ہوئے ہیں اور عارف صاحب یہ جمیلہ کے بڑے بھائی کریم بھائی ہیں۔"

نو آمدہ مہمان نے مسکرا کر کریم سے ہاتھ ملایا۔ رشید نے کہا۔

"کریم بھائی۔ یہ ادیب ہیں۔ ناول لکھتے ہیں۔"

کریم حیرت سے مہمان کو دیکھتا رہ گیا۔ اس کے دل میں ناول لکھنے والے کے لئے کوئی عجیب سا تصور تھا۔ لیکن وہ تو عام آدمیوں کی طرح ہی تھا۔ اتنے میں کریم کی ماں آ گئی اور کریم انہیں لے کر گھر چلا گیا۔

رحمت بی نے کریم کی اماں کو دیکھا اور سناٹے میں آگئی لیکن کچھ بولی نہیں۔ اماں کے دل میں وہی پرانی محبت عود کر آئی اور انہوں نے بڑھ کر رحمت بی کے سر پر ہاتھ پھیرا۔ اسے دعائیں دیں اور اپنا گھر دیکھ دیکھ کر روتی رہیں لیکن رحمت بی کے انداز میں کوئی گرم جوشی نہ تھی۔ وہ تو جیسے کچھ فکر مند سی ہو گئی تھی۔ اسی شام کو جب فاروق آیا تو اس نے اماں کو دیکھ کر بڑی خوشی کا اظہار کیا اور کہا

"میں تو اس گدھے سے کہا کرتا تھا کہ اماں کے بغیر گھر سونا سونا لگتا ہے انہیں لے آ۔ لیکن اس سور کے دماغ سے خناس نہیں نکلتا تھا۔"

اماں نے کوئی جواب نہیں دیا۔ ویسے وہ ظاہرہ فاروق سے اچھی طرح ملیں۔ لیکن ان کے دل میں فاروق کے لئے جگہ نہیں تھی وہ جانتی تھیں کہ ساری آفتوں کی جڑ فاروق ہی ہے۔

اس کے بعد گھر کا ماحول ایک بار پھر پہلے ہی جیسا ہو گیا۔ لیکن

رحمت بی پہلے سے زیادہ چُپ چُپ اور گم سم رہنے لگی۔ کیونکہ اب فاروق کم آنے لگا تھا۔ آتا بھی تھا تو اُسے اور رحمت بی کو کسی قسم کا موقعہ ہی نہ ملتا تھا۔ البتہ کریم اماں کے آجانے سے بہت خوش تھا۔ اوّل تو اُسے گھر میں ہی ایک نئی رونق سی لگ رہی تھی۔ دوسرے وہ اِس خیال سے بہت مطمئن تھا کہ اماں کے آجانے سے رحمت بی اور فاروق کا تعلق ختم ہو گیا ہے۔ حالانکہ اُسے یقین تھا کہ رحمت بی اور فاروق کے درمیان وہی تعلق تھا۔ جو فاروق اور جمیلہ کے درمیان رہ چکا تھا لیکن ایک چھوٹے سے دل کا چھوٹے طبقہ کا مزدور...... کاریگر انسان کریم۔ کبھی یہ بات ذہن میں کبھی نہ لایا تھا کہ رحمت بی گندی ہو چکی ہے اور اب اس کا وجود ننگِ خاندان ہے۔ ان کی عزّت کے لئے ایک داغ ہے۔ کیونکہ کریم نے کسی بڑے سکول میں نہیں پڑھا تھا، سی کالج میں نہیں پڑھا تھا۔ اس لئے کریم اِس قسم کی باتوں سے واقف نہیں تھا۔

اُسے تو رحمت بی سے محبت تھی ایسی ہی جیسے کہ ایک شوہر کو بیوی سے ہو سکتی ہے۔ کیونکہ رحمت بی نے اُسے زندگی کی کچھ عجیب سی لذّت دی تھی۔ اب کریم شکیلہ اور جمیلہ سے کبھی ملنے لگا تھا۔ پتہ نہیں کیوں اس کے دل میں ان کے لئے محبت آگئی تھی۔ شاید یہ اس بات کا اثر تھا کہ ایک عرصہ تک وہ دونوں اُس سے دُور رہی تھیں...... جمیلہ کے ہاں آنے والا مہمان البتہ اس کی توجہ کا مرکز بن گیا تھا۔ اس لئے کہ وہ سوچ رہا تھا کہ کسی روز اپنی کہانی مہمان کو سنا کر ناول لکھوائے اپنے اوپر...... ایک بار وہ مہمان کو اِس غرض سے اس ہوٹل میں کبھی لے گیا تھا جس میں کبھی فاروق کے ساتھ بیٹھا کرتا تھا اور اس نے اپنی

اور سلمیٰ کی اور اپنی اور رضیہ کی کہانی بھی سنائی تھی۔ مہمان نے وعدہ کیا تھا کہ اُس پر کہانی لکھے گا اور کریم خوش ہو گیا تھا۔

سولہ

جمیلہ نے گلی میں جھانک کر دیکھا۔ گلی سنسان پڑی تھی، وہ چپ چاپ گلی میں اُتر گئی اور بھاگتی ہوئی دروازے میں گھس گئی لیکن ابھی وہ اندر داخل نہ ہوئی تھی کہ وہ فاروق سے ٹکرا گئی۔ فاروق کریم کے گھر سے نکل رہا تھا۔ جمیلہ ہکا بکا سی رہ گئی، وہ کچھ بول نہ سکی۔ فاروق غور سے جمیلہ کو دیکھ رہا تھا۔ یہ وہی جمیلہ تو تھی جس کے ساتھ مہینوں اس کے تعلقات رہے تھے۔ یہ وہی جمیلہ تو تھی جو پہلے اتنی معصوم اور صاف ستھری نہ نظر آتی تھی۔ اب کتنی اچھی لگنے لگی تھی۔ پہلے سے کہیں زیادہ۔

اور فاروق کے دل میں ایک پرانی آرزو جاگ اُٹھی اسے یاد تھا کہ جمیلہ نے ایک روز اُس سے پردہ کیا تھا لیکن وہ جانتا تھا کہ یہ پردہ صرف اس غرض سے ہو گا کہ بات اس کے شوہر تک نہ پہنچ جائے چنانچہ فاروق کے دل میں ایک بار پھر جمیلہ کا بدن ٹٹولنے کی خواہش جاگ اُٹھی۔ اس نے کہا۔

"ارے جمیلہ تم......!"

جمیلہ جیسے ہوش میں آ گئی۔ اُس نے جلدی دوپٹے سے پردہ کر لیا

اور بولی۔

"راستہ چھوڑ دو۔ میں اندر جاؤں گی۔"

"چلی جانا۔" فاروق نے مسکرا کر کہا۔ "تم تو ایسے غیروں کی طرح بات کرنے لگی ہو جیسے کبھی ہم سے کوئی واسطہ ہی نہ رہا ہو۔"

"بکواس مت کرو۔" جمیلہ نے ہونٹ چبا کر جواب دیا۔

"میں جانتا ہوں۔ تمہاری شادی ہو چکی ہے۔" فاروق نے کہا "اور اب تمہیں اپنے شوہر سے ڈرنا پڑتا ہوگا۔ لیکن اس وقت کون دیکھ رہا ہے۔ ایک دو منٹ رُک جاؤ۔ بہت دن کے بعد تم سے ملنے کا موقعہ ملا ہے........"

فاروق نے آگے بڑھ کر جمیلہ کا ہاتھ پکڑ لیا۔

"کمینے۔" جمیلہ نے ہاتھ کو جھٹکا دے کر کہا۔ "مجھ سے بدتمیزی کریگا تو تیرا منہ نوچ لونگی۔ جھلسا پھرے تیری صورت پر......."

فاروق کی آنکھوں میں تو بھوت ناچ رہا تھا۔ لیکن اس سے قبل کہ وہ پھر جمیلہ کی طرف بڑھتا ایک دم کریم دروازے میں داخل ہو گیا۔ اُس نے جمیلہ کا آخری جملہ سُن لیا تھا۔ فاروق اُسے دیکھ کر ٹھٹھک گیا۔

"ارے آ گئے کریم میاں؟"

"کریم میاں کے بچے،" کریم کا خون کھول گیا۔ "آستین کے سانپ...... تو نے میری بیوی کو خراب کیا۔ اب میری بیاہتا بہن پر بھی ہاتھ پھیرنا چاہتا ہے کمینے۔"

کریم نے فاروق کا گریبان پکڑ کر دروازے سے باہر کھینچ لیا۔

اور سڑک پر لاکر دھائیں دھائیں تین چار گھونسے جڑ دیئے۔ فاروق ہانپتا ہی رہ گیا۔ وہ یہ نہ سمجھتا تھا کہ کریم اس حد تک بڑھ جائے گا۔ کریم نے اس کے بال پکڑ کر جھنجھوڑ ڈالے، گریبان پھاڑ ڈالا۔ چانٹے مار مار کر نکسیر پھوڑ دی۔

اندر سے جمیلہ چلاتی رہی۔

"بھائی جان چھوڑ دو اُسے بھائی جان"۔

اماں اور رحمت بی بھی آواز سن کر آگئی تھیں۔ دوسری طرف سے بیٹھک میں سے رشید اور اس کا مہمان بھی آگئے تھے۔ ان دونوں نے نیچے اُتر کر فاروق کو بچانے کی کوشش کی۔ کریم غصہ میں فاروق کو جھنجھوڑتا رہا۔

"آج میں اِس حرامی کو زندہ نہیں چھوڑوں گا۔ اِس نے میری زندگی حرام کر دی۔ اِس نے مجھے طوائف باز بنایا۔ اِس نے مجھے قرضدار بنایا۔ اِس نے میری کنواری بہن کو بے عزت کیا۔ اِس نے میری بیوی کو خراب کیا۔ اور اب ...... یہ میری اُس بہن کو خراب کرنا چاہتا ہے جو پنج وقتہ نمازن ہے جس کا آنچل اب کوئی غیر مرد نہیں دیکھ سکتا۔ میں اس کا خون پی جاؤنگا......"

شاید کریم کو خود بھی ہوش نہیں تھا کہ وہ کیا بک رہا ہے، ورنہ وہ ایسی ایسی باتیں نہ کہہ جاتا جو اُس نے مہمان سے چھپائی تھیں۔

فاروق منہ سے بھی خون تھوک رہا تھا۔ نکسیر پھوٹ گئی تھی۔ اس وقت اس کا سیاہ چہرہ بڑا بھیانک نظر آرہا تھا۔

بڑی مشکل سے رشید اور ان کے مہمان نے مل کر فاروق کو چھڑایا۔

رشید اپنے گھر سے پانی لایا اور فاروق کو کلی کرائی۔ کریم کو اماں کھینچ کر اندر لے گئیں۔ تھوڑی دیر کے بعد فاروق اُٹھ کر لڑکھڑاتا ہوا اپنے گھر چلا گیا۔ اُس نے کسی سے ایک لفظ بھی نہیں کہا تھا۔

سترہ

یہ کریم کی کہانی کا نقطۂ عروج نہیں ہے۔ کیونکہ کہانی یہاں سے اور بھی آگے بڑھی تھی۔ لیکن اب میں اُسے کسی ڈرامائی طریقہ سے نہیں بیان کرنا چاہتا۔ کیونکہ یہ کسی اونچے طبقے کے ہیرو اور ہیروئن کی عشق کی داستان نہیں ہے، جسے نمک مرچ لگا کر سنایا جائے۔ ایک حقیقت ہے جو میں نے بڑی صفائی اور سچائی سے بیان کی ہے۔

اسی صفائی اور سچائی سے جس طرح کہ کریم نے مجھے بعد میں یہ کہانی سنائی تھی۔ کیونکہ کریم فاروق کو مارنے کے بعد چاروں طرف سے پریشانیوں میں گھر گیا تھا۔ روزانہ اس کے دروازے پر لالہ اُدھا رچند اور کپڑے والا تقاضے کے لئے آنے لگا تھا اور ساتھ ہی اب اس کے جڑیا بننے کی اُمید بھی ختم ہوگئی تھی کہ وہ ڈیڑھ سو روپے ماہوار کا کاریگر بن سکتا۔ یہاں تک بھی صبر تھا۔ لیکن اس سے کہیں زیادہ ہوا تھا۔ پتہ نہیں وہ کریم کی غلط کاری کا نتیجہ تھا یا

قدرت کا کوئی عتاب..... کریم کی اداسی اپنی بیماری کی وجہ سے بھی تھی حالانکہ حکیم نے بتایا تھا کہ ڈاکٹر کے پاس جاؤ اور ڈاکٹروں نے دیکھ کر بتایا تھا کہ معمولی مرض ہے جو بے احتیاطی کے باعث پیدا ہو گیا۔ دس بارہ انجکشنوں میں ٹھیک ہو جائے گا۔

لیکن ایک روز کریم پاگل سا ہو گیا تھا اگر ڈرامائی انداز میں بتاؤں تو منظر نگاری کروں لیکن جس بات کا مجھے خود بھی صدمہ ہے اُسے میں نمک مرچ لگا کر نہیں بیان کرنا چاہتا۔ کیونکہ یہ ایک عبرت کی کہانی ہے۔ ایک آدمی کی عبرت، جو دوسرے کے لئے اصلاح بن سکتی ہے۔ معاشرے کے ایک فرد کی غلطی کی سزا جو معاشرے کے لئے اصلاح کی سنگِ میل بھی بن سکتی ہے۔

یعنی کریم کی بیوی رحمت بی ۔۔۔ اس ہنگامے کے چوتھے روز ہی فاروق کے ساتھ بھاگ گئی تھی۔ کیسے بھاگی تھی اور کب بھاگی تھی؟ سو اس کے لئے بھی منظر نگاری کی ضرورت ہے۔ لیکن یہ کیونکہ کریم کے دل کا زخم ہے۔ اس لئے میں اس زخم کی خوبصورتی، الفاظ کے جامے میں نہیں سمونا چاہتا۔

اتنا جانتا ہوں کہ کریم رحمت بی سے عشق کی حد تک پیار کرتا تھا اور رحمت بی کے فرار کے بعد وہ کافی دنوں تک دیوانہ سا رہا تھا۔ لیکن اب وہ دیوانگی صرف اداسی میں بدل گئی ہے۔ حالانکہ اُسے امّاں اور جمیلہ تسلیاں دیتی رہتی ہیں۔

"اچھا ہوا بیٹے۔ آستین کا سانپ نکل گیا۔ پتہ نہیں کب اور کہاں ڈس لیتا۔"

"بھائی جان تمہارے لئے اس سے اچھی بھابی لاؤں گی دیکھ کر"۔ جمیلہ کہتی ہے۔

"تو کیوں مرا جاتا ہے۔ اس دنیا میں سینکڑوں عورتیں ہیں۔ کیا ایک رحمت ہی رہ گئی ہے تیرے لئے۔" شکیلہ کہتی ہے —— اور کریم خاموش ہے ممکن ہے کہ وہ اماں کے کہنے سے دوسری شادی کر لے۔ اس کی بیماری تو ٹھیک ہو ہی جائے گی۔ لیکن میں سوچتا ہوں کہ کیا اس طبقے میں ایک ہی کریم ہے؟ ایک کریم کی بیماری ٹھیک ہونے سے اور اس کی دوسری شادی ہونے سے کیا یہ مسئلہ حل ہو سکتا ہے؟ یہ طبقہ جو اپنے دامن میں سینکڑوں کریم، سینکڑوں سلمائیں، سینکڑوں رضیائیں۔ سینکڑوں فاروق، سینکڑوں رحمتیں اور سینکڑوں جمیلہ رکھتا ہے۔ سینکڑوں شرف الدین اور سینکڑوں رضی کہتا ہے کیا اس مسئلہ کا کوئی حل پیدا کر سکتا ہے؟ ذرا آپ لوگ ہی کوئی حل سوچئے اور مجھے بتائیے۔ کیونکہ میں نے آپ کو کریم کی یہ کہانی اس لئے نہیں سنائی کہ یہ کوئی دلچسپ معاشقہ کی داستان تھی۔ میں تو سنانا بھی نہیں چاہتا تھا۔ اور اس لئے جب کریم نے مجھے یہ کہانی تشنہ سنائی تھی تو میں نے اسے لکھنے کے بارے میں سوچا بھی نہیں تھا۔

لیکن کریم نے کل یہی کہانی —— اُسی روایتی ہوٹل میں بیٹھ کر ایک پیالی مجھے چائے پلا کر اور ایک پیالی خود چائے پی کر کم از کم چھ بیڑیاں پھونک کر تفصیل کے ساتھ سنائی تھی۔ لیکن میں نے اُس تفصیل میں جذبات نگاری صرف اس کہانی کے ہر کردار کا نفسیاتی مطالعہ کرنے کے بعد کی ہے۔

اور یقین کیجئے۔ اس کہانی کو لکھنے کا خیال میرے دل میں اس
وقت اور ان لمحات میں پیدا ہوا تھا۔ جب کریم فاروق کو مار رہا
تھا۔ ایک یار اپنے یار کو مار رہا تھا اور کریم کی زبان مغلظات کے
ساتھ ہی اس کہانی کے خصوصی نکتے اُگل رہی تھی +

ختم شد